GRIMOÉRO

LA SCIENCI DU PAISANS

DOUPHINOIS.

Par ***.

GRENOBLE

CHEZ BARATIER FRÈRES ET DARDELET, IMPRIMEURS-LIBRAIRES.

—

1874

GRIMOÉRO

LA SCIENCI DU PAISANS

DOUPHINOIS.

Par ***.

GRENOBLE

CHEZ BARATIER FRÈRES ET DARDELET, IMPRIMEURS-LIBRAIRES.

1874

GRENOBLE, IMPRIMERIE DE A. BARATIER, GRAND'RUE, 4.

PRÉFACE

AU

DIALOGUE PATOIS DAUPHINOIS.

Depuis le dialogue des *Quatro Comares* et l'élégie de *Grenoblo malhérou*, poëmes si intéressants qui datent du milieu du xviiie siècle, si l'on en juge par le style, la presse n'a rien produit dans ce genre de littérature. Ou si, à des époques plus récentes, quelques petites pièces ont été livrées au public, dans notre pays, elles ne semblent pas empreintes d'un certain cachet exclusivement propre au patois ; ou elles ne sont que le langage français travesti en patois. Cette défectuosité d'expressions et d'allures s'explique facilement par l'oubli presque général des dialectes dauphinois, dans les classes lettrées ; on dirait même une sorte de mépris pour le patois, mépris résultant peut-être de la fausse et injuste idée qu'on se fait inconsciemment de l'intelligence du paysan. Ne dit-on pas sottement : « De quoi sont capables ces pauvres paysans ? »

Pour bien parler et écrire le patois, tel qu'on le parle encore aujourd'hui, la première et essentielle condition, c'est d'être né et de vivre habituellement dans l'usage de ce langage ; ce qui n'exclut pas une connaissance ordinaire de la langue académique.

Il est bien remarquable que le paysan, l'ouvrier, sachant parler français, au besoin, conservent cependant pour leur patois une bien tenace prédilection. Cette prédilection n'aurait-elle sa raison d'être que dans la coutume, la routine? Par la connaissance approfondie et surtout pratique du patois, le paysan le conserve toujours, autant qu'il n'est pas contraint de parler français ; parce qu'il est plus énergique, saisissant, et qu'il le goûte mieux. La connaissance superficielle qu'il a du français l'en dégoûte. Il ne lit donc pas les livres destinés à son instruction, à moins qu'ils n'alimentent ses mauvaises passions. Ces productions malsaines, il ne faut qu'un mauvais instinct pour les comprendre. Funeste effet de la presse immorale !

Le nouveau dialogue offert au public amateur du patois, expose un grand nombre de scènes diverses de la vie privée et publique des paysans, au village. C'est, en quelque sorte, une morale en actions, appropriée à tous les intérêts moraux et matériels du paysan. S'il touche à des questions actuelles qui passionnent le plus vivement, c'est moins pour propager certaines idées plus ou moins saines, que pour décrire la situation des esprits et des mœurs.

Cet exposé vrai, énergique et manifeste d'opinions contraires offrira, on l'espère, au lecteur, un attrait singulièrement piquant.

La désuétude du patois, dans la classe lettrée, paraîtra d'abord un obstacle à la lecture ; mais cet obstacle plus apparent que réel disparaîtra facilement, après les premières pages ; et l'appas des récits dédommagera des difficultés du dialecte. Il ne faudrait d'ailleurs qu'entendre cette lecture, de la bouche d'un paysan.

Qu'il soit permis d'ajouter aux précédentes observations l'appréciation que fait de ce dialogue un personnage aussi distingué par son esprit, que par sa position sociale. Sans étude préparatoire, il a bien facilement compris le patois.

« Mon cher... J'ai hâte de vous dire que j'ai été pris d'un vrai charme, à la lecture de votre travail. Ce langage patois a quelque chose de si piquant, de si naïf, dans la bouche de vos personnages, dont chacun joue si bien son rôle, que je désirerais le voir imprimé et publié. C'est la nature prise sur le fait, au village. Je crois qu'il sera favorablement reçu des fameux aussi bien que des simples, comme le dialogue des *Quatro Comares*. Vous n'avez fait ce travail d'abord que comme un agréable passe-temps. Je suis persuadé qu'il ne sera pas moins agréable qu'utile passe-temps, pour les lecteurs de toutes classes »

GRIMOÉRO.

LA SCIENCI DU PAISANS DOUPHINOIS

Lous embarras et lous aventâgeos du Patoé.

Ha ! mon pouro Grimôér ! eît en vain désperar.
Dins de mouvais bouissons, te vâs ben t'égarar.
In pouro païsan que se méle d'écrire,
Ne pot, qu'à sous dépens, lous monsieurs fàre rire.
I ne comprennont ren à ton vilain patôé.
I se môquont de ti, tot comat d'in Chinôé.
Laissies donc ton jargon. N'eit bon que pe te vâches.
Te veis ben qu'u *Reveil* tot lo monde s'attache.
Pe menar lo pays dins sa repeublicat ,
Ii a de tos secrets sa plenat boticat.
Oué ; mais son bon patôé, mieux que tot outre livre,
Lo païsan comprend. Perquei donc pas l'écrire ?
Eît donc ben lo patôé que pot mieux convenir,
Pe lous bons païsans u bon chamin tenir.
Si quôquo bon monsieur sous bons livros li baille,
I sont pas de son got ; lo païsan s'ébaille.
J'ai donc creu qu'in ami, comat vo païsan,
Vo l'écotariaz mieux. Son lengage eìt plaisant,

Quòques feis ben piquant. Ameriz vo lo lire?
J'ai pour de me trompar ; je ne sâvo qu'en dire.
Faudrit-ô me quézier?... Porrinsjeo fâre mieux?
Peusque vo poyez pas écotar lous monsieurs ;
J'ai parlâ lo patôé, creïant rendre sarvicio.
Fout-ô de mon jargon fâre le sacrificio ?
No, no ; je ne pôé pas. J'âme mon vieux païs.
Son aimâblo jargon me garit du-z-ennuis.
Sarat ce qui porrat ; je vo baillo mon livro.
Païsans, mous amis, liziez. Vos êtes libros.
Quand sarit que pe rir, u pe curiousità ;
Quòquos malins cleins d'œil vos allaz y jitar.

Avertissament de l'Outeur.

Curioux, te voux saveir cueu qu'a fat cueu grimôére.
Qui que siaise, n'importe ; eit de cueu temps l'histôére.
L'hyver, u coin du fiot, en migiant ton boillon,
U l'été, si te vous, u frais du pavillon,
Lis la ben tot u long. L'outeur voudrit t'instruire.
Il ourat prot gagniat, s'i pot te fâre rire.
En risiant, quôques feis on dit la verità.
Si te fachie, tant pis : te l'as ben merità.
Si t'az fat lo pechié, t'en farez penitenci.
Te t'égarerez plus, no, plus, per ignorenci.

Itien que dirat lo Grimôéro.

RANCUREL.

Lous monsieurs d'eujord'heu, beliau de-z-artisans,
Que se diziont monsieurs, traitont lous païsans
De pouros ignorents, que ne sâvont ren dire,
Que n'ont pas pe doux liards de scienci, per écrire.

Eit ben vrai qui n'ont pas de scienci ni d'esprit,
Pe blagar de discours, barbollier de-z-écrits.
Mais t'ô que lo bon sens sarit ni previlégeo,
D'icueux qu'ont, quôquos temps, frequentâ lo collegeo?
Quei! ne veyons-no pas, sovent, que lous savants
Ne sont pas, per itien, tous plus édifiants!
In once de bon sens vout mei que tant de scienci.
Lo bon sens eit l'effat de la bonnat conscienci.

BENOIT.

Rancurel parle ben. Il a cent feis raison.
Qui-t-ô que sourit mieux governar sa maison?
N'eit pas in pretentioux avocat de villâgeo,
Mais sous simplos conseils sont tojours lous plus sâgeos.

MARTIN.

Tot lo mondo-z-i dit. Oué, dins la communat,
In maire com-itien eit inat fortunat.
Eit leu que sourit fâr et tenir lo bon ordre!
Que ne porrit jamais seupportar lo désordre!
Oué; pe fare tot ben, il a prot d'instreution.
I n'âme pas le gens de la revolution,
Que ne font que de mâ, cousont tant de ravâgeos,
Qu'ont tot boliversâ, dedins notrous villâgeos.

RONDIN.

Comat, cueu bougr.....

MARTIN

Chut! chut!... ne fout pas tant parlar.

RONDIN.

Je ne pôé m'empâchier... U diabli pot allar...

Tot vat de mâ-z-en pis, du dépeus qu'il est maire.
I n'eit qu'in polisson ; mouvais fils, mouvais père.

MARTIN.

Quézies-te donc, Rondin. Ne fout pas se fàchier.
Fout respetar le gens, sens se laissier marchier.

RANCUREL.

Ne seupportarins pas de sottises pareilles.
No ; je ne vôlo pas, chieux mi, cuellets querelles.

LA FENAT FRANÇON RENCUREL A SON HOMO.

Ho ! que t'az donc ben dit ! Ton avis eit parfait.

FRANÇON RENCUREL, A LA COMPAGNIAT.

Mon ami Rancurel est in home de paix,
In home bon chrétien, honnêt et tojours pêmo,
Que, su lo bot du deigt, sat tot son catechiémo.

La bonnat famillet.

LA VIEILLE SARVENTA ROSE.

Il eit ben élevâ, tot comat Coutamin
Et sa fenat Fanchon, qu'ont fat si bon chamin.
I-z-ayont noufs efants, tos gentils, ben aimàblos ;
N'iait que Marcellin qu'éti-in pou décevàblo.
Je m'en sovento ben ; siaix garçons, treis fillets,
Que se sont ben màriàs et qu'ont dé famillets.
Eccetâ l'aîné Jean, que seit fat missionnaire,
Et sa serour Françon, qu'eit eu covent, la mère,

Pierre, Jacque, Loïs, lo cadet Ougueustin,
Que priâve si ben, lo not et lo matin.
La Julie et la Rôse i sont tojours dévôtes ;
Ont meritâ de tos, tojours, de bonnets nôtes.

Lous plus pitiots efants ben elevas.

LA VEISINAT MADELON.

Ne fout pas s'étonnar de la prospéritâ,
Dins cuellat famillet. Je dioz la veritâ.
La mère Contamin étie si vegilante !...
Et pe tos lous través, dins sa maison, vaillanta !...
A sous efants seurtot i faziet attention ;
Pe ben lous élevar, suévant sa condition,
I lous faziet prier, tojours lous seurveillâve,
Et, pe lous corrigier, jamais ne se lassiâve.
Pierre, Jacque, Loïs, lous treis plus badinours.
De legiers étordis et quôques feis vicioux,
Se laissiâvont allar à quôques négligencis.
La mère lous reprend, sans perdre la patienci :
Mous efants, prions Dieu que veit lo fond du cœur ;
Votrat legiéretâ vo portarit malheur.
Vos en sariaz peunis. La Juli et la Rose
Ayant prot de penat, lass, à tenir la pòse.
In jour qu'i badiniont plus que d'habitudat,
La mère lour tapit sa verg in pou rudat.
Perquei lous tapaz-vo ? Lous efants âmont rire,
La Rose li dizit ; seuffit ben de lour dire.
Quand de dire seuffit, répond la Coutamin,
Tant mieux ; mais pas tojours. P'élevar lous gamins,
Fout de severitâ, quoques feis de caresses.
Ne fout jamais manquar de tenir le promesses.

RANCUREL.

Laissiez me vo diret... J'ai veu tos lous efants
Se creïant de monsieurs, comat parents lous fant.
Le dimenches seurtot, veyez comat tot brille,
De biaux rubans, de flours, de cent outres guenilles !
Ne voudrit-ô pas mieux lous tenir simplament,
Ben habillats tojours, mais tot communament,
Que de lous festonnar, comat de damaiselles
Qu'ont ben de fortunat. Incour sont-ô si belles ?...
Cueu lusso n'eit-ô pas de folla vanitâ ?
Que fat pitié d'y veir ! Le gens de qualitâ,
Qu'ont de quei se sarvir, réglont mieux lours dépenses.
Eit comat tien qu'on fat, quand sâgiment on pense.
Ho ! que je seus content que ma bonnat Françon
Elève sous efants, sens rubans, sens façon.
No ; je ne crennos pas qu'i prodigue sa boursa ;
I sat la ménagier. Sa pôch- eit ma ressourça.

Lous socis de l'écola.

RANCUREL.

Hore notrous efants commenciont d'être grands.
Fout préveir l'avenir et ce qu'i devindrant.
Fout lous mandar u maîtr- et ben lous fâr- instruire,
Ne porrons pas tojours lous veir et lous conduire.

FRANÇON RENCUREL.

T'az raison, mon ami ! Mais j'ai pour du bandits,
Qu'ouriont bentout gâtâ lous petits étordis.
Si l'on teniet de court l'imprudenta joénessa,
On li prepararit in- hérouse vieillessa.

J'ai remarquâ sovent lo grand père Fanton,
Que gardâve si ben son tropet de montons,
I diziet u-z-efants : Mainaux, sayez ben sâgeos
Et n'écotaz jamais oucuin mouvais lengâgeo.
Lo loup veille tojours l'agnet, pe lo groppar.
Ne fout pas vos laissier, pe sa rus, attrapar.
Lo meillour du conseil eit de prendre la fouita,
Pe ne pas émitar du bandit l'inconduita.

LO PÈRE BRISSON.

I trapitaront prot contra l'outourità.
Leiss-! i n'àmont ren tant que totàt libertà.
Pe lous ben élevar, la craint eit nécessaira.
Eit tot perdeu sans craint-. Eit facillot d'i veira ;
Veyez lo souvageot que sarit pas greffà,
U lieu de bons purus, de mouvais i vo fat.
Incour n'eit pas lo tot. Pe tot lo temps qu'i creissont,
Leur fout de bons piquets que lous tennont, lous dressont.
Je ne vo dirai pas que fout lous mautraitar ;
Parlaz lour, pe doçour et per honnétetà.
S'i n'oubéissont pas, per inat douça crainta,
Fout saveir se servir de vergi, de contrainta.

RANCUREL.

Que vos ez ben parlà, mon bon père Brisson !
U-z-efants, u parents vos ez fat la liçon.
S'i voz-écotiont ben, tot com-in bon orâclo,
On ne verrit pas tant de malheurs, d'escandâlos.

FRANÇON RANCUREL.

Fout allar vo couchier, mous bons petits motards ;
N'eit pas ben étonnant votron som ; se fat tard.

Bon vépr-à tos, amis. Veniez sovent no veira,
Vos nos ez fat plaisir, ben seur, vo poyez creira.

MARTIN TOT SOLET, SE RETIRIANT.

Ho ! la bonnat veillat !... Point de mouvais propous
Ni malhonnétetas que trôblont lo repous.
N'iat point de famillets que siant plus agriables,
Ni de conversations que siant plus profitables.

FRANÇON RANCUREL.

Cuetat not, Rancurel, je ne porrai drumir ;
Mon cœur eit trop intiet, trot trôblâ, mon ami.
N'ons fat ce que n'ons pôui, pe gardar l'innocenci,
A notrous bons efants que sortont de l'enfanci.
Je treimblo de lous veir, dins l'écola, gâtar
Avé lous polissons qu-i-z-iront fréquentar.
Iat tant de galopins qué n'ont ren que de vicio !
Foudrit ben conjurar du diablo l'artificio.

RANCUREL.

Oué, ma bonnat fennat, n'y farons attention ;
On ne porrit pas trot prendre de precoutions.
Lo tot eit de saveir si nos ons in bon maître,
Que dônne bon exemple ; et, pe ben lo connaître,
Je vôé ben m'informar de monsieur le cueurâ,
Que veit tot, que sat tot, que ne pot égarar.

RANCUREL CHEZ MONSIEUR LO CUEURA.

Bon jour, monsieur ! Je seus dins la grand-intiétuda,
Ma fenat incour plus, dins la sollicituda.
Conseillez no, siou plait, tiriez no d'embarras ;
Votron conseil, tojours, lo plus grand bien farat.

Je ne me plenions pas (que le bon Dieu m'en garde),
D'aveir mous siaix efants. Mais fout ben prendre garde !
Pe lous ben consarvar, jusqu'en cueu n'ont roussi,
Mais ne crennons l'écola; eit tot notron soci.

MONSIEUR LE CUEURA, CHIEUX LEU.

Mon brave Rancurel, votre sollicitude
Prouve votre bon sens. Il s'agit des études...
Importante question !... Si les parents chrétiens,
Comme vous, s'informaient des plus sages moyens
D'instruire leurs enfants d'utiles connaissances,
Sans dangers, pour leurs cœurs, de perdre l'innocence ;
Leur heureux avenir leur ferait grand honneur.
La science, sans vertus, ne fait pas le bonheur.
Bon chrétien, vous voulez avant tout la sagesse,
Gardez donc sous vos yeux l'imprudente jeunesse.
Soyez de vos enfants toujours le directeur,
Quoi qu'il en soit, d'ailleurs, de notre instituteur.

RANCUREL.

Je comprennos, monsieur, ce que vo voliez dire.
Oué, le plus important eit de ben se conduire.
Ben lire, ben écrire eit de necessità ;
Bien chiffrar u besoin. Eit ben la verità.
On ne pot s'en passar ; j'en ai l'espérienci.
Mais tojours u parents convint la seurveillanci.
Dins notrat communat, j'en conneussio plusiours
Qu'on a placi-en villat, que sont de-z-orgoillours,
Que n'en sàvont pas mei, n'ont appreis que lo vicio.
Ben grand marci, monsieur ; vo m'ez rendu sarvicio ;
Ne profitarons ben de ce que vo diriz.
Je vo-z-en prios ben, vo lous surveillariz.

Sens la crainto de Dieu, ne farions ren que vaille,
On ne pot espérar ren de bon de canailles.
Bonjour, monsieur, pardon, je vo-z-ai derengiat.

Lo Cueura.

Adieu, mon Rancurel.

Rancurel tot solet, se retiriant.

Ho ! qu'i m'a solagiat
Notron brâvo cueurâ ! J'ourai tojours confianci.
Que je vôé rasseurar de Françon la conscienci !...

Rancurel a sa fenat.

Ho ! que je seus content, tot joïoux, ma fenat !
Notron brâvo cueurâ no tirie de penat.
No porrons ben mandar, su sa bonnat parôla,
Moyennant precoutions, lous efants à l'écola.

Françon Rancurel.

Ho ! tant mieux, mon bon hôm ! Eit ben la religion
Què pot seul écartar du mâ la contagion
Que désôle lo monde, et seurtot la jôénessa.
Vôé ! pe la presarvar, que foudrit de sagessa !
Ne négligearons ren.

Rancurel.

Ne fout pas t'intiétar,
Fout carmar tous socis. Laissies me te contar...
Dins plusiours famillets, n'ons reçeu politesse ;
Chieux Rémy, chieux Planel, chieux Rosset et chieux Bresse,
Que sont tos de-z-amis, de gens ben comat fout.

FRANÇON RANCUREL.

N'àmo pas qu'i diziont du prochain lous défouts.
Tot comat te vodrez. Ne soms pas dins l'aisanci ;
N'ons pas guéro de vin, ni de bonnat pidanci.
Mais ne farons du mieux, pe te fare plaisir,
Seurtot dins la saizon, que n'ons ben lo laizir.

Lo sopar de famillet u villageo.

FRANÇON RANCUREL TOTAT SOLETAT.

J'ourai de bons bodins, inat bonnat polailli
Que ne vout pas ouvar (pestà de la volailli !)
J'ai mêmo quôquos œufs ben économiziâts.
Je ne laissio jamais mon ménage épuiziat.
Ho ! que fat bon d'aveir, dins l'ouccasion, ressourça,
De saveir garandar lous sous, dedins la boursa !

FRANÇON RANCUREL A SON HOMO.

Oué, oué, mon Rancurel, veniez trenquillament,
Je sarai tojours prest ; invitaz selament.
Tos los jours et tot l'an, vo-z-ayez tant de peina !
On ne pot pas tojours restar dins cuellat géna ;
Fout ben se délassier et s'amuzier in pou,
Quand i n'iat pas de press-, aveir quôquo repous.

RANCUREL A SA FENAT.

Ho ! que t'ez donc gentiat, ma fenat ; je t'embrassio !
Avé ti, du través jamais je ne me lassio.

No, no, je n'irai pas u cabaret flânar,
Pe blagar, pe joïer, pe beire et me ruinar.
Iat ben de bambochoux que sovent me reprôchont
D'être trot ressarâ... Mais veikiat que s'approchont
Lous amis invitas... Ho! la bella jornâ!...
Lo gratin, lo gigot je vôé vit enfornar,
Et peu je sarai libre.

FRANÇON RANCUREL SOLETAT.

I pense à chaque chousa!...
Que j'ai donc in bon hôm! Ho! que je seus hérousa!

FRANÇON RANCUREL A SON HOMO.

Az-te tiriat de vin? Az-te ren obliat?

RANCUREL.

No, no, tot eit tot prest, et tot eit tabliat.

RÉMY APPROCHIANT.

Je sinto bon déjà.

ROSSET.

L'eit bonnat cusineiri.
La Françon Rancurel.

PLANEL.

L'eit économiseiri.

BRESSE.

Quand on n'eit pas richot, fout saveir ménagier.
La Françon sat si ben sa maison derigier.

RÉMY.

Eit ben vrai. La Françon n'eit qu'in pou trot dévôta.

LA FENAT MARGUERITE RÉMY.

L'eit ben mal à propous, cuellat parôla sôtta !

TOS LOUS INVITAS ARRIVANT.

No veikiat tot comat nos ayons convenu ;
Bon vêpro, ma Françon.

FRANÇON RENCUREL.

Sayez lous ben venus.
Tos notrous bons amis. Que vos êtes aimàblos !
Vekiat votrous efants ; qu'i no sont agriàblos !...
Veyez, veikiat de bancs, veniez vos assetar.
Eit lo temps du repous ; n'ons ben prot tripotâ.

FRANÇON RANCUREL A SON HOMO.

Tot eit fat, Rancurel, faz lous bitar à tâbla.

RÉMY.

Qu'il est lesta, Françon.

PLANEL.

Ben gracious-, aimàbla !

FRANÇON RANCUREL.

Allons, bon appétit, pas tant de compliments ;
Avé notrous amis, n'ons jamais de torments.

Veikiat lo polaton, de bodins, de rizôles,
Vo poyez, en migiant, devouidar le parôles ;
Rire quôquos bon cops. Mais, j'y veyos ben prou,
Vos êtes toš de gens de la plus bell-humour ;
Amuziez vos donc ben. Selament preniez garda...
Mais je ne crennos pas, de vos, lenga bavarda,
Vos ez trot de prudenc- ; et pe cuellous efants,
Vo sayez qu'i saront comat parents lous fant.

PLANEL.

Qu'il est gentil François ! Que sa sœur eit modesta !

FRANÇON RANCUREL.

I sat ben taconnar de son père la vesta.

ROSE ROSSET.

Comi segonde ben sa mère, en tot, tojours !...

FRANÇON RANCUREL.

I se repose pas in moment, tos lous jours,
U, s'il a de moments, i prend son catechiémo.
Sous frères Jacques, Jean et Tôéno font de mémo.
Mais, malhérousament, Jouset eit étordi.

RANCUREL.

Pre qu'il a frequentâ de vourens, de bandits.
Je lo tindrai de court... Ne vôlo pas qu'il aille
Avé lous polissons, cuellat fotuiat canaille.
Lo bon Dieu me pardônne...

Lous polissons et le polissonnes.

BRESSE.

N'ons ben mei de chagrin,
Copâre Rancurel ! Lo mienn eit in flandrin.
Ha ! si je ne crenniens de donnar d'escandâlos,
Je vos en nommarins que sont tos de vrais diâblos,
Que, comat de chivaux, u mâ vont u grand trot.

RANCUREL.

Ne fout pas lous nommar. Voël ! on lous veit que trot !

ROSSET.

Veyez cueu Niquelin, blanchin com inat pâta,
Inat râva jalà, maigro com inat lâta.

PLANEL.

Veyez cuell orgoilloux qu'a la pip à le dents,
Ne creyez pas qu'i siait, pe lous través, ardent.

RÉMY.

Cueu salòp ivrognet, charchour de gromandisi,
Que grôille tot lo jour, dins la feniantisi.

ROSE ROSSET.

Cuellat pourat fillet qu'eit inat patroillat ;
Il a laissiat tombar sa flour dins lo goillat.

SUZETTE PLANEL.

Cuell outra d'icuelei, la poura malhérousa,
Que se creyet tojours de devenir l'épousa

D'icueu certain monsieur ; vôé, qu'il est attrapâ
Lo plus sovent lous truïants ne vôlont que trompar.

Le reprimandes du mouvais propous.

RÉMY.

Mais que voliez-v enfin ! Fout ô gitar la piéra,
A totets le fillets qu'ont de l'amour la fiévra?

MARGUERITE RÉMY.

Quézies-te donc, Rémy, te parles sòttament.
T'az portant de raison, mêmo de sentiment.
Te vodriaz escueusar le fillets qu'ont de suita ;
A la bonn heura ! mais fout ben, pe l'avenir,
Presarvar lous efants, saveir lous chastenir.

RÉMY.

Je vôlo ben qu'i siant, tot comot ti, dévòtes
Pe la jeuste raison ; mais jamais de bigôtes
Qu'on ne pot approchier, sens qu'i se donniant pour,
Pe quôquos mots galants, pe d'innocents propous.

MARGUERITE RÉMY.

Pe d'innocents propous !... Vôé, funest imprudenci !
Ren n'eit si délicat que du cœur l'innocenci.
In soufflo selament trot sovent la ternit,
Et la legièreta, dins lo crimo fenit.
Fout s'écartar du fiot, quand on craint la breuleura.
Fout veiller le fillets, en tot temps, à tot heura.

RANCUREL.

Marguerite a raison ; mais pensaz u fricot ;
Fenissions la polaill et bevions un bon cop.
Per arrengier tot tienti et fenir la botada,
Tais, ma bonnat Françon, faz la bonnat salâda.

RÉMY.

Après si bon dinar, no fout in pou dansier ;
Sayons pas trot serioux, fout ben no délassier.
Lous mainaux sont en train et ma fillet trapite,
En bonnat compagni... He ben, ma Marguerite ?...

LA MÈRE MARGUERITE RÉMY.

La dans eit tot comat dangeroux champignons.
Tot dépend d'écartar lous mouvais compagnons ;
Eit ben deficillot de fâre la triailli !...
Tâlo que semble bon n'eit que de rafatailli.
En cueu, ne sâvons ben qu'en bonnat famillet,
Iourit moins de dangiers, pe d'honnétes fillets.
N'eit pas iki, comat dins le danses mondaines,
Que ne sont fréquentâz que pe le plus vilaines.

———

Le couses du libertinageo.

ROSSET.

Per qu'en cueu veit-on tant d'affrouse contagion ?

RANCUREL.

Eit facillot d'i veir : n'iat plus de religion,

De pertot l'on n'entend que lo sospir, la plainta.
La jôénessa n'a plus ni retenuïat, ni crainta.
No, n'iat plus de respet ni plus d'outourità ;
Lous parents laissiont trot u-z-enfants libertà.
I laissiont tous pitiots fàre tot ce qu'i vôlont ;
Quand on lous contradit, lous vicioux se désòlont.
Mais, quand i saront grands, i lous faront plourar ;
Beliau, pe lo chagrin, lous faront entarrar.
Veikiat l'effat tojours de la folla mollessa
Qu'a pour de corrigier, à propous, la jôénessa.
Foudrit fàr- attention s'i vont à la messà,
Si réguliérament i vont se confessar,
Et seurtot lour donnar tojours lo bon ezemplo,
Saveir s'i se tennont comat fout dins lo templo,
S'i comprennont in pou l'instreution du cueurà.
N'iat ren que cueu moyen, pe ben se rasseurar.
Dins plusieurs communets, trot sovent, à l'écôla,
Lous efants n'apprennont qu'inat scienci frivôla.
Iat beliau, j'y creïo, ben de maîtres chrétiens,
Mais fout ben se maufiar, iat mei queu d'in parien.

FRANÇON RANCUREL.

Mi je vôl elevar ma fillet ben piousa ;
N'eit que la piétâ que pot la rendr hérousa.
Je vôlo, si je pôé, la bitar u covent ;
Car pe tot outr écol, on se trompe sovent.
Je ne prétendo pas qu'i n'iat bonnets maîtresses
Que dedins lous covents ; mais le belles promesses
D'icuellat damaisella ont pou de surità.
Ben mei que d'ina feis, i n'eit que vanità.

RÉMY.

Lous brâvos Rancurel devriont montar en chaire,
Pe prechier lours sarmons, tot comat missionnaires.

Hérousament incour, ne pons fâr outrament,
Elevar lous efants in pou plus librament.

Lo zélo pe présarvar lous efants de l'impiéta.

RANCUREL.

Oué, tant que vo vodriz ; qui vo dit le contrairo ?
Mais, per mi, je vo dioz qu'eit lo plus nécessairo
D'élevar lous efants, dins la crainta de Dieu.
Eit pe cuellat raison qu'i faront tojours mieux.
Si l'on ne craint pas Dieu, quei donc porrit-on craindre ?
N'iat plus que lo bâton que pot le gens contraindre.
La raison du bâton t'ô votre libertâ ?
Si je seus lo plus fort, je porrai l'évitar.
Qui porrit m'empâchier de vo cassar la têta ?
Si je pôés évitar...

RÉMY.

La furiousa tempêta !...
Mon pouro Rancurel, vraiment vo radotaz.
Mais de la jeusticet fout ô ren redotar ?

RANCUREL.

Oué, votrat jeusticet, sans jeusticet divina,
Ne me farit pas pour, pas plus que la badina
Que fôuite votron chin. Si je seus lo plus fort,
Je me môquo de vo. La raison du plus fort
Sarit ben la meillour.

La bonnat fenat que carme la mouvais humour.

FRANÇÓN RANCUREL.

Rancurel, mon bon hòmo,
Arrètes-te, siou plait! Tot tien n'eit qu'in fantômo
Que fout ben conjeurar. T'i pos sans te fâchier.

FRANÇON RANCUREL ÉVITE LO DANGIER.

Se fat ben tard. Bon vêpr, et ne vons no couchier.

Lo bon homo et la bonnat fenat ne se broillont pas.

FRANÇON RENCUREL TOTAT SOLETAT.

Pardon, mon Dieu, pardon! Fazons notrat priera,
Per aveir lo pardon du pechié de coléra.

RANCUREL.

He ben donc, ma Françon, te t'ez donc intiéta
De ma mauvais humour, de ma vivacitâ!
Je ne seus pas fachiat d'aveir preis la paròla;
Je ne pôé seupportar parillet faribòla.
Te veis ben que Rémy n'a point de dévotion,
Ni devant lous efants oucuina precoution.
I se môque de tot, de serioux, de babiôla,
Et de bigotari, à l'égleis, à l'écôla.

FRANÇON RANCUREL.

Allons donc, Rancurel; Rémy vout plaisantar.

RANCUREL.

No, je ne vôlo pas sous mots d'impietà.
Pe la plaisantari, on gâte la jôénessa.
Eit in dangier tojours d'onte vint la tristessa.
Qu'i diziaize, s'i vout, que je seus defficioux
Dins la conversation, quôques feis maugracioux,
Mais, pe la religion, i n'iat pas de quei rire ;
Dépeus qu'on la cretiqu, on vat de mâ-z-en pire.

FRANÇON RANCUREL.

T'az raison, Rancurel ; t'az plus d'émo que mi.
Te me grondarez pas, j'i sâvo, mon ami.

RANCUREL.

Que dis-te, ma Françon !... Perquei te grondarins-jeo ?
No, no, jamais, per ti, je ne pôés être gringeo.
Je te sâvo bon grâ, de l'aimâble doçour,
Que consarve la paix, en carmant mon humour.
Mais fout pas que jamais la bontà siait faiblessa ;
Fout que la veritâ règle la politessa.
N'ons ben prot jabotâ, j'ai som ; fout tot laissier
A la garda de Dieu ; deman recommencier.
Je vôé drumir.

RANCUREL TOT SOLET.

Mon Dieu, je vo dônno mon âma.
Consarvaz-me tojours de votr amour la flamma.

In Révo.

FRANÇON RANCUREL.

T'az ben drumi, mon hôm, et mi j'ai ben rêva.
J'étions ben en penat. Mon rêv eit ben gravâ
Dins mon esprit. Ecôt, et je vôé te lo dire.
Te n'ez pas credullot, beliau te vâs en rire.
Te sâz, notron François âme ben chappotar ;
Il a tojours l'achon, lo gôui pe charpentar.
I fat inat maison ; de paill i l'a coverta.
Je tremblo, cueu métier sarat beliau sa perta.
Jacques, notron segond, âme mieux laborar,
Dins lous champs, tot lo jour, i vodrit demorar,
Dins lo temps du través, et l'hyver à l'étâblo
Pe sougnier lous bestiaux. L'eit vraiment admirâblo !
Jean, tot comat François, vout apprendr in métier ;
Tot ce qu'il entreprend i-z-i fat en entier.
Il a fat in barrot, de rateux, in arâro.
Lo veir se reposar in moment, eit ben râro !
Antoino, comat Jacqu, àmerat cueurtivar.
Jamais i n'eit pëïat... Pe lo fâre levar,
Lo polet seuffit prot. Fat tojours sa prière,
Avant que de modar, à l'ezemplo du père.
Jouset, qu'a frequentâ lous jôénos étordis...

RANCUREL.

Dis donc de polissons...

FRANÇON RANCUREL.

Sarat ben dégordi.

RANCUREL.

J'ai pour qu'i siait bandit, que la feniantisi
Li fassie tot migier, en folla gromandisi.

FRANÇON RANCUREL.

No, no, mon Rancurel, i se convertirat.
Oué, oué, pe l'avenir un pou mieux i farat,
T'ô pas vrai, mon Jouset?

JOUSET RANCUREL.

Oué, oué, ma bonnat mére,
Ben seur ; je farai mieux, comat mous quâtro frères.

RANCUREL, LO PÈRE.

Lo bon Dieu siait beni.

Le petites fillets accotumâs u ménageo.

FRANÇON RANCUREL.

Françon.a profitâ,
A l'écol, u covent, pe sa docilitâ.
I conneut déja ben lous través du ménâgeo.

RANCUREL.

La bonnat ménageir eit in grand aventâgeo.
Comat ti, ma Françon, te l'az si ben formâ !
Veikiat cóm on conduit lous efants ben âmâs.

FRANÇON RANCUREL.

Je creïos qu'i sarat parfaita ménageiri,
Et pe ben taconnar esselenta lingeiri.
Veikiat, mon Rancurel, tot ce que j'ai songiat.
Tot tientie, dins mon songe, étie ben arrengiat.

RANCUREL.

Je ne seus pas ben fort, ma fenàt, pe lous songes.
Je n'i creïos pas ben, sont sovent de messonges.
Lo soin de tous efants jour et not te porsuit.
Je penso que ton rêv eit l'effat du soci ;
Fout portant reposar, aveir granda confienci.
Quand on fât ce qu'on pot, la sainta Providenci
Sourat ben no gardar et chacuin no menar,
Pe lo bien, pe lo mieux, à notrat destinà.
A la garda de Dieu, Françon ; prennons confianci,
Mais ne sayons foutifs d'oucuina négligenci.

Lo dangeroux maître d'écola.

FRANÇON RANCUREL.

Veikiat Martin qu'arriv et monsieur Lancelon,
Notron maître d'écol, avé la Madelon.

LANCELON.

Salut, mes brâves gens.

FRANÇON RANCUREL.

Bon jour, monsieur lo maître.
No vodrions plus sovent, chieux no, vo veir paraître.

LANCELON.

Pour moi, c'est un bonheur ; c'est mon plus grand désir.
Je suis tant occupé !... J'ai trop peu de loisir.

RANCUREL.

N'i veyons ben, monsieur.

LANCELON.

Le soin de la jeunesse
N'est pas petit affair...; il faut qu'elle progresse ;
Car aujourd'hui la scienc- a le succès, l'honneur,
Et la pauvr ignoranc- est le plus grand malheur.

MARTIN, TOT BAS A RANCUREL.

N'eit pas tojours ben vrai.

RANCUREL, TOT BAS A MARTIN.

N'eit pas tot véritâblo.
Ben saveir eit tojours, sens dôto, désirâblo.
La conduit avant tot, eit lo plus important.
Trot sovent, lous savants sont pas ben meritants.

MARTIN, TOT BAS.

Trot sovent de vourens.....

FRANÇON RANCUREL, TOT BAS A SON HOMO.

Rancurel, preniez garda ;
Vo preniez, quôques feis, un pou trot de motarda.

2

MARTIN, TOT BAS.

Fout ben se garandar et fôuir la contagion.

FRANÇON RANCUREL, TOT BAS A MARTIN.

Lancelon n'a-t-ô pas la bonnat religion ?

MARTIN, TOT BAS A LA COMPAGNIAT.

Chut... chut... La Madelon revint avé lo maître.

RANCUREL A LANCELON.

Monsieur, notre corti n'eit pas tenu pe t'être,
Tot ben comat foudrit...

LANCELON.

        Si, parfaitement bien :
Tout est bien cultivé. Vous ne manquez de rien.
De vos arbres fruitiers la culture est brillante ;
Vous savez bien tailler... Mais d'autres jeunes plantes
Ne prospèrent pas tant. Votre Joseph surtout
Fait, à ses compagnons, beaucoup de mauvais tours ;
Il n'aime que le bruit. Il est bien en arrière.
Je crains qu'à l'avenir, il manque sa carrière.

RANCUREL.

Je vos remarcio ben de l'avertissament,
Monsieur ; j'y prendrai gard- ; u pe lo sentiment,
U ben pe lo tricot, fout qu'i se convertisse ;
Si no, j'ourins ben pour que sa mèr- en morisse.

De soci, de chagrin, i ne fat que plourar.
Je penso ben, monsieur, que vo lous inspiraz
La crainta du bon Dieu, dins l'écol-, à l'égleise.
Vo donnaz bon ézempl en tot, onte que siaize ?

LANCELON.

Je ne néglige rien, pour donner l'instruction.
Salut, dâmes, messieurs... A chacun sa fonction.

MARTIN.

Veyez ! i fot lo camp. Parait que li démigie.
I fout ben qu'i se grat, onte lo mâ l'ezigie.

MADELON.

Ha ! si vo saviaz tot! vo verriaz bien de mâ !

FRANÇON RANCUREL.

Madelon, n'âmo pas entendre nions blamar.

RANCUREL.

Mais que t'ez donc bonnat ! ma Françon ; laissies dire.
N'eit pas méchencetâ, cretiquar pe maudire.
Fout ben veir lo dangier, pe ben s'en presarvar ;
Sens tien, ne porrions pas lous efants consarvar
Dins la crainta de Dieu.

MARTIN.

                    Fout ben que la prudenci
Règle la charitâ, sens blessier la conscienci.

MADELON.

Quoques feis Lancelon paraît à la messà ;
Mais je ne sàvo pas, s'i vat se confessar.
Ce que dit lo cueurâ, dins lo dòt i revôque,
Et de la religion secrétament se môque.
P'évitar lo reproch- et lo qu'en dirat on,
I fat semblant de prendr-, et montrar meillour ton.
Mais quand vo l'entendiez racontar de bétises ;
U quand vo l'attrapaz, à fàre de sottises,
Dins lous mouvais endrets, avé lous polissons,
Tenir mouvais propous et de sâles chansons ;
Vos étes détrompâs. L'hypocrit- apparenci
Eit bentout dessipâ. Vo ez perdu confienci.

RANCUREL.

Oué, perdeu la confienc-, et je ne vôlo plus,
No ; plus de cuell écol- ; eit d'argent seuperflu.
J'âmo mieux dépensar, pe lour apprentissageo,
Et je veillarai ben, qu'i sayont tojours sâgeos.
Vôé ! qu'on eit malhéroux !... Iat pertot de dangiers !...
Comat lous écartar ? Comat lous corrigier ?
On ne respète plus ni dimenches, ni fêtes ;
Lous maîtres de villat sont de mouvaises têtes.
Ne veyons trop d'efants, qu'étiont de bons garçons,
Et que sont devenus lous plus grands polissons.

Lous socis de l'apprentissageo.

MARTIN.

Fout pas ézagerar. Niat quôquos ins d'honnêtos,
Mon brâvo Rancurel.

RANCUREL.

Niat ben pou... Je m'intiéto,
Pe ben jeusta raison.

MARTIN.

Veyez Jacque Porron.
T'ô pas in honnét hôm? in habillot charron?
Gentil, lo charpentier et lo maçon Picôta,
Lo sarralier Veyrat.

FRANÇON RANCUREL.

Sa fenat ben dévôta.
Farat...

MARTIN.

Dins châqu état, niat ben de brâves gens
Que, sens jamais grugier, sâvont gagnier d'argent.
J'en nommarins ben prot, dins lous païs tot prôchos,
Que font, dépeus long temps, lour métier sans reprôchos.

RANCUREL.

Sens reprôcho?... Tant mieux ; tienti eit ben important.
Ont ô de religion? eit lo plus important.
Cueu que ne craint pas Dieu mérite-t-ô confienci?
Je ne me fiarins pas u maîtres sans conscienci.

MARTIN.

Vo-z-êtes in pou trot délicat, rigoroux.
I sont pas si dévots, comat vo religioux.
I priont portant Dieu, quôques feis se confessont ;
Elévont lours efants, à mezurat qu'i cressont,
Dedins la religion.

RANCUREL.

Ha ! si vat comat tien,
I détorbaront pas lous apprentis du bien.

MARTIN.

Détornar du deveir !... No, no ; ben u contrairo.
I disconvenniont pas qu'eit lo plus nécessairo.

FRANÇON RANCUREL.

He ben, mon Rancurel, si n'iat pas de patrons
Que sayont plus dévôts, essayons, no verrons...;
Quand on fat ce qu'on pot, faut aveir l'espérenci.
Lo bon Dieu garde tot. N'eit que la négligenci
Du parents, du-z-enfants, que lo bon Dieu peunit.

MARTIN.

Veikiat qu'est raisonnar, comat fout en fenir.

RANCUREL.

Oué ; vo-z-ayez raison. Lous efants saront sâgeos.
I se gâtaront pas, dins leur apprentissâgeo.
Pe qu'i se gâtiont pas, ne prendrons precoutions.
Ne nos informarons de lours frequentations.

FRANÇON RANCUREL.

Ha ! veikiat la Sophi...; eit lei qu'eit bonnat mère !
Que mène se fillets, dins la meillour orneire.
Bonjour, ma bonn- ami..., approchiez vo du fiot.
Ne parlons du-z-efants ; à vo je me confios.
Vo sayez si ben làr !... Et vo-z-êtes chrétienna,
P'élevar le fillets !... J'ai soci de la mienna.

Le fillets ben élevàs.

SOPHIE BONNETON.

Vo-z-ètes trot flattous et trot bonnat, Françon.
Avé mi, vo sayez, fout pas tant de façons.
Bon jour à tos, je seus votrat simpla sarventa ;
Dépeus longtemps j'étions de vo veir impatienta.
J'ai si pou de laizir !... Veyez ; j'ai sept fillets,
Que voltigeont tojours, comat de-z-avillets,
Que me font brezenar et perdre la patienci.
Pe ben le-z-élevar, foudrit aveir la scienci ;
J'en ai si pou, mon Dieu !

RANCUREL.

N'eit pas pe vo flattar ;
Pe fàre comat vo, fout pas se levar tard.

MARTIN.

Eit vrai; fout convenir ; Sophi eit bonnat mèrc,
P'élevar le fillets ; oué, tot comat lour père.

RANCUREL.

Ho ! qu'i sariont héroux, in jour, notrous maineaux !
U lieu de tant corir, comat de-z-étornaùx,
De chôésir de fillets que siant laboriouses ;
Pe fàre quei que siez. Ha! le bonnets épouses !...

SOPHIE BONNETON.

No fout ben travailler, pe gagnier notron pan.
La pereize tojours merite d'aveir fam.

MADELON.

Tot lo monde conneut votrets fillets charmantes.
Sophie et l'Isabeau sont ben intéressantes !
Juli et Janneton, Madeleine et Fanchon,
Que savont maneuvrar la sàp et lo piôchon.
Cuellat que j'âmo tant, la plus jóénna, Suzette.

MARTIN.

Que sarat si bravounn et beli un pou coquette.

MADELON.

N'iat ren à cretiquar. Le se tint comat fout.
Sa roba de cotton, sa propretâ seurtout,
Sont ben tos sous bijoux ; oué ; sa seula parada.
Sa côuiffe, sens floquet, embellit sa façada.

FRANÇON RANCUREL.

J'ai tojours remarquà Sophi et l'Izabeau,

MADELON.

Que travaillont lous champs, tot comat lous maineaux.
On ne trovarit pas de meillours meissonnouses.
On n'en rencontre plus de si laboriouses.
Ren ne lour fat penat. Eit un plaisir d'i veir.
Totets le famillets vodriont ben le-z-aveir ;
Pe fâre lours través. I-z-en font in saccâgeo,
Tojours de bonn- humoûr, tojours de bon corâgeo.
Dins le gorges, lous prâs, la rousa Janneton
Sat si ben promenar se vâches, sous montons !
Tojours prest à partir, jamais ne dit : Tetôres.
De suit y prend l'euillat, quand son père labòre,

I mène la coblat ben dreit, rapidament.
S'i rencontr in accroc, lo soutte lestament.
Jamais, dins lous través, i ne rest- en errière.
Je creïos qu'i farit inat bonnat guerrière.
Juli eit bon efant, douça comat lo miel ;
Dihors, i ne pot pas seupportar lo soleil.
Fout qu'i reste dedins. Mais i fat la lingeiri.
Fout ben in pou de tot, pe bonnat ménageiri.
I vodrit prot, lassat, fàre comat se sœurs ;
Mais i n'a pas la forc-... Eit ben tot son malheur.
Madeleine et Fanchon sont de bonnets taillouses,
Que côpont ben adret le rôbes, le varouses.
De totets le fenets ils ont la praticat ;
I porriont ben tenir, si voliont, boticat.
Eit ben seur et certain qu'i meritont confienci ;
Que, su tos lous marchands, i-z-ouriont preferenci.
I n'ont pas lous moyens. I n'ousent empreintar ;
Personnat n'ourit pour, ben seur, de lours prétar.
I-z-ont ben déjà fat inat petita boursa ;
Sarat, pe l'avenir, tojours inat ressourça.
I ne dépensont ren, en folla vanita.
Tot ce qu'i-z-ont de mieux eit lour simplicitâ.
Sagetets, propretets, i n'en sont que plus belles ;
Sens cuellous farballats, sans bijoux ni dentelles.
La damat de Sonaz voudrit ben la Fanchon,
Pe tenir tot sou linge et pe sous capuchons.
Madelon, in pou plus que la Fanchon seriousa,
Ne voudrit que covent, per lei, la seula chousa,
Qu'on devrit désirar, le seule suritâ,
Pe la viat, pe la mort et pe l'éternitâ.
Quant à la cadettat, Suzette, eit incour jôéna.
Mais si vo la veyaz! Com i fat tot sens géna !
Com i fat la sopat ! Com i sat arrengier !
Et, dins tot lo trintran, sa mère solagier !...

Sarat in vrai tresor ; oué ; cueu qu'ourat la chanci
De l'aveir pe fenat, ourat totat confianci.
J'en parios ben siaix francs. Oué ; si je ne créniens
De parlar in pou trot, je vo la souhaitarins.
Mais quei-t-ô que je dioz !... Je parle à l'aventura.
J'àmo tant ma Suzon, ma bonnat criatura !

RANCUREL.

Vo n'ez ren dit de trop, ma bràva Màdelon.
Ne vo-z-ons écotà volontiers, tot u long.
Lo temps ne dure pas dués minutes d'horlôgeo,
Quand vo no débitaz de si jeustos élôgeos
De votrets bonnetets.

FRANÇON RANCUREL A SA FILLET.

Te veis ; eit pe ton bien,
Françon...

LA PETITA FRANÇON.

Oué, ma mamat, je farai com-itien.

RANCUREL.

Que te me faz plaisir !... Embrassies me, petita.
J'espéro ben de ti, cuellat bonnat conduita.

MARTIN.

N'eit pas tot, Rancurel, de lous ben élevar.
Lous efants ont grandi, pe mei no désolar.

Lous socis de la conscrition.

MARTIN.

Veikiat la conscrition que, dins dix jours, arrive.
Ha ! que je ne crennos ben que lo mienno d'érive
Du bon chamin que j'ai tojours ben remontrà !
Ha ! que je vodrins ben in bon sort rencontrar !

FRANÇON RANCUREL.

Notron François en eit. Mon Dieu, sayez propicio !...
Sainta mère de Dieu, presarvaz lo du vicio !...
Il a, dès l'an passâ, lo vingto quàtro d'out,
Sous vingt ans accomplis. Je seus seura du jour.

MARTIN.

Lo mienn eit de juillet, je creïos ; mais sa mère
S'en soventarit mieux. I n'a ren que mémôère.

RANCUREL.

Pe la data precis, eit facillot d'i veir ;
Mais lo plus important sarit ben de saveir,
Comat nos en tirier, et ce qu'on porrit fâre.
Je seus trot entrepreis, dins cuellat grand affàre.

MARTIN.

N'iat ren per entreprendr, et fout seubir lo sort.
Nions ne pot nos aidar. No ; n'iat point de ressort,
Pe conduire la chanc- ; i fout ben s'y resoudre.

FRANÇON RANCUREL.

Eit tojours le bon Dieu que conduit mieux le-z-oures.

Bon ezemplo du soudar chrétien.

RANCUREL.

J'i sâvo, mon Martin, qu'on ne pot ézentar.
Eit donc inutillot de trot se lamentar.
Mais je vodrins aveir quôquos conseils utilos;
Pe gardar mous efants, suevant notr évangilo.
Dins le tropets, sept ans, en brâvo j'ai sarvi,
Pe lous mouvais sojets, tos lous jours porsüavi,
Je poyens rârament fâr in pou de priéri.
Tienti a tojours êtâ ma plus granda miséri.
Lour semble qu'on ne pot êtr- in vrai bon soudar;
Si l'on fat sa prièr, avant que de modar.
In bon signo de crôuix, en allant en batailli.
Itien n'empâchie pas de gagnier la medailli.
Veyez la su ma vest-... U pont de Magentâ,
Lous puyants d'Outrichins nos ons ben moutraitâ.
I s'en soventaront!... J'étions dins l'avant-garda,
U je me seus battu com in lion... Bavarda,
Vo diriz; mais no pas; tot près de mi j'ai veu
Mon capitaine preis. Ha! je l'ai creu perdeu!...
Trot grâvament blessiat, la force li manquâve.
Mais ma baïonnetat doux Outrichins perçave,
Et je lo délivris. I m'a ben remerciat.
Ho! que j'étions content, quand ben j'étions blessiat!
J'espéro que François, fidèl- à sa prière,
Sourat suévre tojours l'ezemplo de son père.
A-t-ô pour de se battre in fidélo chrétien?
Pe souvar la patrie; i ne craint ren de ren.

———————

Eucoragiments u conscrits.

FRANÇON RANCUREL.

Vo n'ez jamais manquâ, Rancurel, de corâgeo.
No ; lo plus grand dangier l'écite daventâgeo.

FRANÇON RANCUREL A SOUS EFANTS.

François, vins vite âmô, p'écotar la liçon ;
Te sarez bon soùdar, sens être in polisson.

LO CONSCRIT RANCUREL.

Je seus à vo, ma mère.

FRANÇON RANCUREL.

Sônn avé tous treis frères,
Per être tos présents, à le belles histoëres.

LO CONSCRIT RANCUREL.

J'ai feni ma charpent et Janot son barrot.
Lo veikiat que s'en vint, chargiat de bôé, de brots.
Jacque, dedins la grange, a ben feni sa tàche,
Et Tôéno, dins l'établ-, attàche ben le vàches.

FRANÇON RANCUREL.

Et ton frère Jouset !... Ha ! l'étordi !... Martin,
Je vodrins vo gardar, jeusqu'à deman matin.

MARTIN.

Ho ! je ne porrins pas ; ma fen- eit totat seula.
Vo sayez... l'outro jour, n'ons perdeu sa filleula.

FRANÇON RANCUREL.

N'irons ben la sonnar. Faites no cueu plaisir.
Hores, n'ons pas de press et n'ons ben lo laizir.
François, mon bon ami, vâs dire à ta marraina,
De sopar avé no. N'ourons la Mâdeléna.
T'aménerez, ben seur, ton ami Ceraphin
Qu'eit si gentil, aimàbl-. I farat bonnat fin.
Je vodrins ben qu'i siait tojours ton camarada,
Et, dins tos lous dangiers, tojours ta souvegarda.

MARTIN.

Mon ami Rancurel, me foudrat donc restar.
Contra votrat fenat, je ne pôé contestar.

RANCUREL.

Oué, mon ami Martin ; vo no rendiez sarvicio.
N'ourons tojours besoin de votrous bons officios.
In sargent comat vo sat tot parfaitament.
Vo no racontariz la viat du régiment.

La viat du soudar chrétien, u regiment.

MARTIN.

N'eit pas pe me ventar. Oué, je pôé ben vo dire,
Comat fout maneuvrar, comat fout se conduire.
Ben jôén, à dix-huit ans, je me seus engagiat.
Jamais, de tot lo temps, je me seus dérengiat.
Si j'ai fat quôquos jours de salla de police ;
N'iat pas si bon marchoux que quôques feis ne glissie.

Nen fout si pou!... Pe ren, per in sâbro terni,
Per in boton que manque, on sat ben vo peunir.
Fout que siait comat tien. Creïez, la desciplina
Eit lo nerf de l'armé ; y manquar eit sa ruina.
Mais, à part tot itien, j'ai ben seu m'écartar,
Du mouvais compagnons, qu'ouriont peu me gâtar.
Jamais lous ivrognets, le fenets de débauches
Ne m'ayont fat bronchier. Quiconque le-z-approche
Eit in hômo perdeu, lo plus mouvais soudar.
Héroux le bon sojet que sat s'en garandar.
Quant à la religion ; eit vrai, je n'en ai guéro ;
Mais j'ai tojours gardâ ce qu'eit plus nécessairo,
Maugra la raïllari et le sottes raisons ;
En campagne aussi ben qu'étant en garnison.
J'ai tojours dit de cœur quôquos bots de prières.
In not j'ai menaciat de rudets étrivières
In fotut garnament que vout me dérengier.
Bougre de polisson, je m'en vôé t'arrengier.
J'étions ben en colèr- et je tiriz mon sabro.
J'ourins fat mouvais cop...

Françon Rancurel.

Vo n'étes pas barbâro !...

Martin.

Je m'en seus repintu ; mais, dins cueteu moment,
A penat si j'ayens incour lo sentiment.
Du dépeus, j'entendions incour quôques sottises.
Lous soudars de bon sens diziont : Eit de bétises.
Lo caporat dizit : Laissiez lo tranquillot ;
Eit lo meillour soudar, bougres d'imbecillots.

La fenat Martin.

Vo jeuraz in pou trot.

MARTIN.

Tant pis. Lo capitaine
Me dit : Brave Martin, ton sâbre tu dégaines,
Pour faire ton devoir. Je te fais caporal,
Et tu seraz sergent, dès que ton tour viendra.
J'ai donc fat mon chamin ; oué, j'ai gagniat l'avença.
Tout u tard fermetâ merite recompensa.
Eujord'heu lous soudars porront facillament
Accomplir lours deveirs. Dins châquo regiment,
Lous armouniers faront du cueuraux l'ézercicio.
Cuellous que vodront ben se souvaront du vicio.
Lo temps ne dure pas, chieux vo, mon Rancurel ;
Mais eit déjà ben tard.

RANCUREL.

La not on passeret...
Vo-z-entendre parlar ; ren de plus agriâblo !

MARTIN.

Pas tant de compliments ; vo-z-êtes trot aimâblo.

FRANÇON RANCUREL.

Veniez no veir sovent ; amenaz Céraphin.
De François et de leu, j'âmo lous entretins.
I sont de vrais amis, que s'âmont, se ressemblont.
Ha ! que je vodrins ben qu'i siant tojours ensemblo !...

La mère chrétienna ben resignat.

RANCUREL.

Peusqu'i fout qui partiont ; fout ben lous agguerrir.

FRANÇON RANCUREL.

Ha! mon Dieu!...

RANCUREL.

Ma Françon! te vas lous attendrir.
Saye donc tranquillat, ma fenat. Bon corageo.
Lo bon Dieu sourat ben lous rendr- à lours villageos.
A diliun lo tirageo.

MARTIN.

Allons no reposar.

FRANÇON RANCUREL SOLETAT.

Ha! cuétat semanat, n'ourons de quei pensar !
Je sort inat messat. Lo bon Dieu me l'inspire.
Lo plutout possublot je vôé la fàre dire.

Appel du conscrits.

LO GARDE VIROT.

Ramptamplan, ramptamplan, r-r-r-r-r-rang.
Attention, lous maineaux ! Lo maire Jousserand
Convôque lous conscrits ; qui siant tos su la plàce,
Deman de bon matin. En bon ordre se fasse.
Rosset (Jean), Ripert (Jean) et Rancurel (François),
Rondin (Pierre-Hippolyte) et Reverdy (Benoit),

Verluchet (Marius), Jacquin (Jean), Pierre Bresse, Michelet (Ougueustin).

RONDIN.

Que jamais se confesse.

LO GARDE VIROT.

Planel (Jules-Joseph), et Martin (Céraphin).

RONDIN.

Lous plus leurons de tos.

LO GARDE VIROT.

Et Bandet (Ougueustin).
Bevions in cop ; partions en bonnat contenanci.
Allons nos ézerçar ; pe souvar notrat Franci.
Ramptamplam, ramptamplam, r-r-r-r-r-rang.
Marchiez u pas, mainaux, et teniez votrous rangs.
Eit la desciplinat que mêne à la victoire.

LO MAIRE JOUSSERAND.

A vaincre sans péril, on triomphe sans gloire.

CHANSON DU CONSCRITS.

Lous maires et lous parfaits
Sont ben de bràvos cadets !
I no font tirier u sort,
    Tirier u sort,
    Tirier u sort.
I no font tirier u sort,
Et nos envoient à la mort.

. . . .

Tirageo et revision.

(Rosset, Jean ; n° 36.)

RONDIN.

Parfaitament membrà, per être in curassier.

(Ripert, Jean ; n° 81.)

RONDIN.

Esselent cavalier et vigoroux lancier.

(Rancurel, François ; n° 15.)

Sarat fier guernadier, com in châno robeusto.

(Rondin, Pierre ; n° 23.)

Tot comat lous chamôés, tos lous Pruchins j'ajeusto.

(Reverdy, Benoit ; n° 114.)

RONDIN.

Il âme lous chivaux. In fameux artillour.
No, no, lous canons Pruth ne li faront pas pour.

(Verluchet, Marius ; n° 90.)

RONDIN.

Ha! lo pouro garçon tremble com-inat liévra
Ren qu'in cop de fesuit lit fat prendre la fiévra.

(Jacquin, Jean ; n° 1.)

Sarit in bon garçon... in pou trot femelour.

(Bresse, Pierre ; n° 40.)

RONDIN, TOT BAS.

I se gonfle in pou trot... In pou trot orgoilloux.
On li fara passar sa blaga prétentiousa.

(Michelet, Ougueustin ; n° 60.)

(RONDIN, TOT BAS.)

I n'a jamais ren fat que de mouvaisa chousa.
Il a fat jeustament quôquos meis de preison.
Tot lo mondo lo craint, dins totets le maisons.

(Planel, Jules ; n° 30.)

RONDIN.

Brâvo Jule Planel ! I sarat capitaino,
Car il eit ben instruit, tot com Antoino Fréno,
Qu'a meritâ la crôuix, qu'eit déjà commandant.
Jule sarat, ben seur, dins cinq ans, adjudant.

(Martin, Céraphin ; n° 18.)

RONDIN.

Si lo père Martin, qu'a fat si bon sarvicio,
N'étie pas revenu !... (quinto grand sacrificio !.....)
Il étie fils unique ; a fallu revenir ;
Pe secorir son père et per entretenir
Sa maison délaissiat. Qu'i sarit !...

(Bandet, Ougueustin; no 13.)

RONDIN, TOT BAS.

Bandet... treize !
Cueu peliandr ivrognet ? Malhéroux de Pereize.
L'eit bon pe l'houpitâ.

RONDIN, TOT HAUT.

Parlaz me de Martin,
De François Rancurel.

RONDIN, TOT BAS.

Cueu Bandet (Ougueustin)
Ne vout pas selament la corda, pe lo pendre ;
No plus que Lichelet... Qui porrit lous défendre ?

LO GARDE VIROT.

Tirâg et revision, veikiat qu'eit tot feni.
En attendant le jour, que ne vons revenir,
Tambours, in roulament ; drapeaux, en avant, marche !
Gâra, gâr u Pruchins ! No battrons sens relâche.

RANCUREL.

Veyéz notrous maineaux ! com i font lous leurons !
I ne dôtont de ren.

MARTIN.

Plus sovent i faront,
Non pas com i vodriont, mais comat se pot fâre.
Lass, i-z-ignoront ben comat vont lous affâres.

Lo banquet du conscrits.

ROSSET.

Ecotaz, Rancurel ; lous mainaux, cuetat not,
Vodriont ben s'amuzier, beire quôquos bons cops.
Tienti eit la cotumat.

RANCUREL.

Je dioz pas lo contrairo.
Avant de se quittar, fout ben trinquar lo veiro.

ROSSET.

Trinquar n'eit pas lo tot. I vôlont banquetar ;
P'allar u cabaret, i vôlont libertâ.

RANCUREL.

U cabaret, Rosset !... Mais j'ourins ben trot crainta,
Que ma fenat me gronde ; et p'évitar la plainta,
Je ne sourins que dire.

MARTIN.

Il a raison, Françon.
Trot ordinairament, de mouvaises liçons,
Et de sàlos propous, et tot plein d'escandâlos,
Et lous dérengiments lous plus abominâblos
Gâtont lo jôenes gens.

RANCUREL.

Sâvont ô ce qu'i diont?
Savont ô refléchir? Savont ô ce qui font?
I parlont pe parlar.

Lous dangiers du cabarets.

PLANEL.

Nos ons l'espérience.
Sont ben lous cabarets, que perdont notrat France.
On bavarde de tot, sens avoir ren appreis.
Oué ; lo plus grous nigaud pretend lo plus saveir,
Et de la religion, et de la politica,
Et du governament, de totat la botica.
On dirit qu'i sont tos lous meillours governours ;
Que, s'i commandaviont, tot sarit plus héroux.
Mais, on i veit que trot ; tot vat de mâ-z-en pire,
Du dépeus que chacuin pretend saveir conduire.

MARTIN.

Fout saveir oubeir, avant de commandar.
Eit tien, qu'u regiment, on apprend u soudars.

RANCUREL.

Je vodrins ben saveir, si sarit convenablo,
D'allar u cabaret.

ROSSET.

Tienti eit inévitablo,

Selament fout chôésir... Chieux Benoit Reverdy
N'iourat pas de dangier. Il est ben dégordi ;
Mais on ne veit, chieux leu, jamais oucuin désordre.
In ancien brigadier sat tenir lo bon ordre.
On y pot s'amuzier, sens jamais s'écartar
Ni de la religion, ni de l'honnétetà.

PLANEL.

L'outro jour, Verluchet et Bandet (nos i sâvons)
Tenniont certains propous que lous outros blamâvont.
Reverdy l'avertit. U lieu de se quézier,
I nen diziont que pis ; comat pe s'amuzier.
Prends garda, Verluchet... Reverdy perd patienci.
I lo fotit dihors. Tais, pe ton insolenci.
No ; je ne vôlo plus de ti la praticat.
Je ne seupportarai jamais ta creticat,
Ni de la religion, ni mei de la police.
Vas-t-en plus loin, sâlir tous pareils, de tous vices.
T'ô pas vrai, Reverdy ?

L'honnéto cabarétier.

REVERDY.

N'eit pas pe me ventar.
Leus insolents, chieux mi, ne poyont s'arrêtar.
Dihors lous ivrognets, puyanta bortifaille ;
Dihors lous maudisants, dangérousa canaille.
Je farai mon métier, com in hômo d'honneur.
Ben trot de cabarets sont de maisons d'hourreurs,
Que perdont la jôéness, à l'écôla du vicio.
J'amarins mieux de tot fàre lo sacrificio.

RANCUREL.

Si, comat Reverdy, tos lous cabarétiers
Faziont honnétament leurs deveirs de métier,
N'iourit pas de dangiers ; n'iourit pas tant de plaintes.
Mais lous débordaments no dônnont trot de craintes.

ROSSET.

Allons chieux Reverdy... Bon vépro, la damàt.
No revenons chieux vo. Ne soms pas affamâs,
Mais....

LA DAMAT REVERDY.

Vo ez débitâ ben mei que d'inat fioula.
Vo n'ouriz que picot, et chacuin sa ravioula.
U, si vous âmaz mieux...

ROSSET.

Vo-z-ayez de bon vin.
Eit chieux vo, seurament, lo mieux que no revint.

LA DAMAT REVERDY.

Vo-z-en ayez assez. Ne vo fout pas grand chousa.
Mais, veyons ! lous conscrits ont ô la chanc- hérousa ?

———————

Lo bon cœur du bon hômo et de son conscrit.

RANCUREL.

Je vôés à la maison, rasseurar ma fenat.
Je ne pôé la laissier, plus long temps, en penat.

3

LO CONSCRIT RANCUREL.

Pardon per in moment ; mi je suévo mon père.
Lo temps me deure trot et je cour à ma mère.
Je ne pôés y tenir... Je vôlo l'embrassier...
Ma petite serour...

FRANÇON RANCUREL A SON CONSCRIT.

Te vâs donc no laissier...
Eit ben deur, mon efant !... Mais que lo bon Dieu fàsse
Sa sainta volontâ... Oué ; je suevrai la trace
De Jésus mon Souveur, qu'a ben volu morir,
P'espier lous pechiés, su l'âbro de la crôuix.

RANCUREL.

T'az raison, ma fenat ; fout ben se resigner !...
A la garda de Dieu, que sourat tot sougnier.
No retornons ilâv, avec lous camberâdas.
La damat Reverdy no fat inat salâda.

FRANÇON RANCUREL.

T'y sarez, Rancurel ; tot se passerat ben.
Sos lous yeux d'in bon père, on ne risque de ren.

———

Lous conscrits u cabaret.

REVERDY.

Veikiat tos lous amis. Bitons no donc à tàbla.
A chacuin sa picôt, en compagni aimâbla.

— 53 —

REVERDY U MAINAUX.

Verluchet et Bandet, vo n'ez pas obliat ?...

RANCUREL.

Eit fachoux que Rondin a vito peubliat !...

Histôere d'iu bon soudar.

REVERDY.

Ecotaz, mous amis ; je conneussio la guerra.
Je me seus ben battu, su la mer et su terra.
L'Africat, l'Itali et lo fort Malakoff,
Lous traitres Piémontés, lo russo Gortchakoff,
Lous Bedoins de Paris, comat cueux de l'Africa ;
Lous bougres de pertot, mêmo de repeublica,
Ne m'ont jamais fat pour, ni jamais recueular.
Mais devant no, tojours, lous bandits ont tremblâ.

CHANSON DU BONS GUERRIERS.

En avant, marchons
Contre les canons,
A travers
Le feu, le fer
Des bataillons.
Courons à la victoire.
Pour l'amour de la gloire.
En avant, marchons.

. . . .

Escuesaz-me, siou plait ; beliau que je me trompe.
Je sourins mieux sofflar de lous chasseurs le trompes.
Laissiez me dire incour ce que m'eit arrivâ :
Griévament blessiat, je tombis de chivât.
In grand bougr Outrichin son bancat me lançâve.
J'is lo corage incour ; lo mienno l'éventrâve.
Mous amis, vo sariz comat mi bon tropiers ;
A la viat, à la mort, d'intrepidots guerriers.
T'ò pas, me jòènes gens ? Vo sariz l'esperance,
Lous souveurs du païs, lous remparts de la France.

TOS LOUS CONSCRITS, ENSEMBLO.

En avant, marchons.

. . . .

REVERDY.

Là, là ; quint heura t'ò ?

PLANEL.

Nev heures et demie.

REVERDY.

N'ons incour in moment, pe chantar, mous amis.
Rancurel et Rosset, lous chantres du pepitre,
Lous tonnerros de voix que cassariont le vitres.
Martin, Ripert, Benoit, tos lous outros leurons,
Faites veir, qu'à chantar, vo n'étes pas poltrons.

RONDIN.

Bandet et Verluchet faront mieux de se taire.
I n'ont point d'estomâ, pas plus qu'in pot de terre.

———————

Perquei lous soudars ne sont pas robeustos.

RANCUREL.

Mais d'onte vint ô tien?

RONDIN.

I sont trot bambochoux.
Tot comat de forniaux, i feumont tot lo jour.
Lours corps ne sont pas sans. I semblont de chieux maigros.
Leur minat eit ridâ, tot comat lous geniévros.

REVERDY.

Quésies-te donc, Rondin. Allons, veyons, garçons.

LO CONSCRIT RANCUREL.

Fout-ô recommencier lous mots de la chanson?

REVERDY.

Oué.

LOUS CONSCRITS.

En avant, marchons
Contre les canons.
. . . .
. . . .

REVERDY.

Fout no separar. Veikiat lo seing que sônne.
Ecotaz donc, mainaux, la groussa que résônne.
Vos entendriz ben tout lo clairon resonnar;
Vo n'ouriz pas la cloche, alors, pe vo sonnar.
Vito, vito, marchiez.

LOUS CONSCRITS SE RETIRIANT.

En avant, marchons
Contre les canons.

. . . .

. . . .

REVERDY.

Fout prendre l'habituda
De ne pas balancier. Coriez en promptituda.

LO GARDE VIROT.

Ranptanplan, ranptanplan, r-r-r-r-r-rang.
Je vôé tos vo menar u maire Jousserand,
Que baille lous papiers que réglont la conduita,
Per enregimentar lous soudars, dins la suita.
Peus, vos iriz chieux vo, jeusqu'u jour du départ.
La follie de rotat guidarat votrous pas.

————

Lous adieux du conscrits.

Ha ! fout donc vo quittar !... Adieu donc père et mère.
Je vos embrassio tos, et vos tos, mons bons frères.

LO PÈRE RANCUREL.

Corageo ! mous efants ; votrat bours eit garniat.
Veikiat de votrat sœur... ce qu'il a-t-éparniat.

FRANÇON RANCUREL.

François, mon bon efant... ta mort sarit la mienna !...

RANCUREL.

Allons donc, ma Françon !... N'êtes donc plus chrétienna ?
Eit lo bon Dieu qu'i vout. Vodriaz-te resistar ?...

FRANÇON RANCUREL.

No. Je vôlo tojours fâre sa volontâ.

FRANÇON U PARTANTS.

Adieu, mon bon efant...; manqua pas ta prière.
Et ti, mon Ceraphin, émita ben toñ père.
Embrassiez me tos doux; sayez tojours chrétiens.
Consarvaz du bon Dieu la craint- u regiment.

NOVELLES DE LA GUERRA.

INAT BATAILLI.

Lettrat du soudar Rancurel.

Mon père, j'écrivions du païs Rivesaltes,
U n'ourons quôquos jours de suspension de halte.
N'ons battu l'ennemi. Je seus à l'houpitâ.
Je vo dirai comat... Fout pas vos intiétar.
Dins le coutes blessiat... Grâce à mon scapulairo,
Que j'ai tojours gardâ, de monsieur lo vicairo,
(Je lo quittarai pas), j'échappis u péril.
Lo cop m'eit arrivâ, lo vingt du meis d'avril.

La man me trembl incour... Dites à Pierre Bresse,
Que son Pierre eit blessiat, d'in obus, à la côesse.
Mais n'eit pas dangeroux. Sarat que pe suffrir.
Le sœurs de l'houpitâ l'ouront vito gari.
Ren de dire ; fout veir, su lo champ de bataille,
Lous morts et lous morants tombâs sos la mitraille.
Quand lo premier canon fat fromoulier lo sang ;
Quand on en veit tombar quinze u vingt de son rang,
Vo creiriaz tot perdeu. Cependant on avance.
Oufficiers et sargents ranimont la confiance.
On se fot du dangier. Tot comat de lions,
No marchons u travers lous fers du bataillons.
La victoire est à nous !.... Lous tambours, le trompettes,
Tot comat notrat cloch, annoncàvont le fêtes.
On secourt, com on pot, lous blessiats et lous morts.
La bataille eit gagniat. Tien solagie lo sort.
Foudrit pas creire... no ; dins cuel affroux ravâgeo,
Lous soudars, comat mi, ne perdont pas corâgeo.
Quand on a le cœur net de tot dérengiment,
L'on se bat sens soci ; l'on se bat crânament.
A part ma blesseurat, je seus ben ; je vos aime.
J'espéro ; ma lettrat vo troverat de même.

FRANÇON RANCUREL.

Je t'ai ben écotâ, Rancurel ; j'ai priat...
Mais quand la lettrat dit que François eit blessiat,
Mon cœur bollit dedins... Mais lo saint scapulairo !.....
Ho ! que j'âmo donc ben notron brâvo vicairo,
Qu'a tant preis soin de leu !... Foudrit recompensar.....

RANCUREL.

T'az raison, ma fenat. L'eit jeusta, ta pensâ,
Mais n'iat que lo bon Dieu...

MARTIN.

Lo bon jour je vo souhaito.
Je vodrins ben saveir !... De mon fils je m'intiéto.
N'ev incour ren reçeu de votrou bon François ?
Pe Ceraphin, j'ai pour... Me semble qu'inat voix
Me dit qu'il eit perdeu !...

FRANÇON RANCUREL.

No, no ; gardaz confienci.
Vo n'ez que cueu garçon, votrat seule esperenci,
Vo ne tardariz pas d'aveir inat lettrat.
N'ons receu de François. Ne soms ben rasseurats.
Ceraphin n'a pas pôui, jeusqu'en cueu, vo ren dire.
I porrit pas manquar, vito, de vo-z-écrire.
I eit si ben instruit !...

MARTIN.

Eit ben tot mon désir.
Lo bon Dieu vo-z-écôte, ézauce mous sospirs.

PLANEL.

Bon jour à tos, amis. J'ai ben in bon rencontro !...
Rancurel et Martin, veniez que je vo montro
Inat bonnat lettrat. Françon, quatro garçons,
Quôquos outres amis ; ma petita Françon ;
Je vôlo vos aveir tos, pe sopar, dimenche.

La bonnat mère et lous efants oubéissants.

FRANÇON RANCUREL.

Marci, mon bon Planel ; à charge de revenche.

Iabcdefg I'm

Ne pons pas tos quittar. Eit pe bonnat raison.
Antoin et ma Françon gardaront la maison.

LA PETITA FRANÇON.

Mère, je vodrins ben être de votrat fêta !...

FRANÇON RANCUREL.

Ma fillet, ne fout pas t'i bitar dins la têta.
Fout tenir lo ménage et veiller lous bestiaux.

LA PETITA FRANÇON.

J'oubéirai, ma mèr !

RANCUREL.

I n'iat ren de plus biau.
Tais !... veikiat lo fateur qu'apporte de novelles.

MARTIN.

Avez-vo inat lettrat per mi, brâvo Ruelle !...
Vo-z-ez prophétiziat, ma Françon ! Mon chagrin
Se dessipe... Veyons, eit ben mon Ceraphin...
Sa belle écreturat !... Mon Dieu, je vo remarcio ;
Pe vo ben remarciar, que fout-ô que je fassio ?
Du pouros j'ourai soin... Lyon, lo vingt de mars...

PLANEL.

Mais comat vat-ô tien ? Il est ben en retard.

MARTIN IMPATIENT.

En retard, en avant, i m'écrit.

Lous generaux vengiats du reprôcho de trahison.

Mon cher père,
Je vous écris sitout que je pôuisse le faire.
Vo savez!... le soudar a si pou de moments!
N'eit pas manqua de cœur ni de bons sentiments.
Vo-z-ez tant raconté de combats, de batailles!...
Je vodrins fâre oussi quôque chouse que vaille.
Mais, malhérousament, pas de bonne ouccasion.
Nos ons manqué de pain et d'outres provisions.
A fallu reculer... Je tempéto, jenrâgeo,
De n'aveir pu montrar l'ardeur de mon corageo.
J'entendo, quôques feis, parlar de trahison.
Foudrit du generô ben saveir la raison,
Pe parlar com itien. No, je ne pôés i creire.
No; jamais Borbaki ne trahirit sa glôére.
Je creirins ben plutout, lo plus certainament,
Lous malheurs sont du ciel lous jeustos châtiments.
On ne veit que désordre, on n'entend que blasphèmes;
De l'incredullitâ, pertot même système.
Per mi, j'espéro ben... Je seus bon guernadier,
Tot comat vo, mon père, intrepido guerrier.
Quand vindrat de la guerre ouccasion favorable,
J'espèro vo donnar novelles agriables.
Lo temps me dure ben de mon ami François;
Je crois qu'i s'eit battu, pe le moins, ine fois.
Son bon sort je vodrins, pe défendre la France.
Je li sohaito, de cœur, la plus hérousa chance.
Jean Rosset, Jean Ripert et Benoit Reverdy,
Lous plus brâvos garçons, quoiqu'in peu-z-étordis,

Ont ò, comat François, le sort d'inat bataille ?
Vo me diriz s'i sont échapés de mitraille.
Jule, vito conneu de notron colonel,
Eit passà caporal. Treis meis après, Planel
Etié passé sargent. Tienti eit sa bonne affaire.
Jacquin eit tot infirm, et lo farceur Rondin,
Qu'on âme u regiment (on l'appelle Blondin),
Sat se tirier d'affaire ; et l'ami Pierre Bresse
Bitrat d'aigue à son vin, s'i vout ben qu'i progresse.
Vo veyez que je parle in pou mieux lo français.
Vo m'escusariz ben de quôquos mots patôés.
Je vodrins prot ben fâre, et j'y prendrai ben garda ;
A l'écola, pertot, quand sarai pas de garda.
On bat lo rappel... Zout..., vito, i no fout partir.
J'en dirai ben plus long, quand jourai lo laisir.
Je vous embrassio tous, tot comat je vous aime.
Je me porto très-bien ; faites-en tous de même.

RANCUREL.

Eit tien qu'eit ben dità ; conveniez, mon Martin.
Que vo l'ez ben instruit votron bon Ceraphin !
Dins treis jours, n'entendrons chieux lo père Planelle
Inat bella lettrat... Jule farat marveille.

In sopar de famillet u villageo.

RANCUREL A SA FENAT.

Ez-te presta, Françon !

FRANÇON RANCUREL.

Garda ben, ma Françon,

Avé ton frère Antoin-.

RANCUREL.

Allons, vo, mous garçons,
Vos étes invitâs. Ne fout pas fâre attendre.
In quart d'heura plutout, i convint de se rendre.
Vos écotariz ben ; mais vo parlariz pou.
Je penso qu'i n'iourat oucuin mouvais propous.

Lous compliments.

FRANÇON RANCUREL.

Bon vépro, bons Planel.

PLANEL.

Que vos étes amiâblos !
Mous brâvos Rancurel ! Que vos êtes affâblos !
Veniez vos assetar... N'ourons Gueuste Rémy.
Ne vos intiétaz pas... Il est ben votre ami,
Mei que vo ne creïez ; mougra la bresibille,
De l'outro jour... Sayez... quant ben i s'égarguille ;
I sat ben refléchir... I convint qu'il a tort.
L'eit in hômo de sens, et no pas un bitor.

RÉMY.

Bon vépro, ami Planel.

PLANEL.

De cœur, je vo lo sohaito.

LA MÈRE PLANEL.

Si manquâve quôcuin?... Eit d'itien que m'intiéto...
Mais ne manquarat nions... Veikiat tos lous amis ;
Veikiat la Rossetat, Marguerite Rémy.
La Françon, la Fanchon....

PLANEL.

Veyez notrets dévôtes !
I s'embrâssiont si fort, qu'i se migiont le jôtes.

RANCUREL.

I s'âmont tot de bon. T'ô que la dévotion
Empâchie l'amitié ? La bonnat religion
Fat l'amitié sincer et jamais capriciousa.
Dins lo mond, u contraire, il eit sovent viciousa,
Et mei que d'inat fais, de mouvais- intention.

SUZETTE PLANEL.

Eit tot presto. Veniez, veniez donc, ma Françon.
Du guilleret Planel bitaz vo-z-à la draita.
Vo, père Rancurel, bitaz vo-z-à ma draita.
A ma gauche je vôl- aveir Gueuste Remy.
A coutié de Françon, bravo Barthélemy.
A coutié de Fanchon, bitaz vo l'ami Bresse.
Vo sayez tot ben fâre, avé si belle adresse.
Vos outres, me fillets, et vos, mous bons mainaux,
Arrangiez vos du mieux... Preniez gard-, étornaux !

PLANEL.

Cuet an, mous bons amis, n'ons pas guéro de chasse ;
Mais eit tot de bon cœur.

BARTHÉLEMY.

Vout mei que de begasses.

PLANEL.

Allons, migions, bevions, veikiat tot lo fricot.
Tetôres, ne berons, du plus vieux, quôquos cops.

Lo Dessert.

LA MÈRE PLANEL.

Veikiat de chatagnets, avé de pommets côétes.
De purus, n'en ons plus ; n'en ons pas fat emplette.
Veikiat de fromageon, dix grappes de raisins.
Vo sayez que, cuet an, n'ons eu que quôquos ins.

PLANEL.

Bevions donc, mous amis ; allons donc, no fout beire.

RANCUREL.

N'ons ben beu, ben migiat ; mais fout trinquar lo veire.

La Reconciliation.

A ta santâ, Suzette ; à ta santâ, Planel.
A ta santâ, Remy...

RÉMY.

La votrat, Rancurel.

Rosset, Barthelemy, Martin et père Bresse.
A la santâ de tos, de la bonnat jôénesse.
L'outro jour j'ai fachiat, en volant plaisantar,
Lo père Rancurel. Itien m'a-t-intiétâ.

FRANÇON RANCUREL.

Allons donc ! bon Rémy : sont de vaines parôles.
N'i sâvons. Quôquos feis, vos en dites de drôles.

RANCUREL.

Que dites, mon Rémy ! T'ez in homo d'honneur.
Je seus trop vif, eit vrai ; mais eit contra mon cœur.

FRANÇON RANCUREL A PLANEL.

Vo nos ayez promeis quôquaren de ben brâvo.

PLANEL.

Inat lettrat, Françon. La veikiat ; j'y pensâvo.

———

Le-z-hourreurs de la guerra civila.

——

LETTRAT A POU PRÈS FRANÇAISE D'IN SOUDAR.

10 février 1874.

Mes chers parents, j'ai pris des moments de la nuit,
Pour pouvoir vous écrire, ainsi qu'à mes amis.
Vous aurez remarqué, dedans mon autre lettre,
Bien des défauts encor ; mais j'espère peut-être,

Que j'ai fait des progrès ; car mon sergent-major
Me donne des leçons. Pour moi, c'est un trésor ;
Que j'ai bien rencontré ! Je dois d'abord vous dire
Que, pour bien réussir, il faut bien se conduire.
Je suis déjà sergent. Je travaille au bureau.
J'ai toujours évité les sâles macqueraux.
Je suis donc bien content. J'espère l'épaulette.
Je me suis bien battu. Mais ce que je regrette,
C'est d'avoir bataillé, non contre des Prussiens,
Mais contre des Français communards et vauriens.
C'est égal. Le devoir... nous dit le capitaine.
Des brigands assassins valent-ils donc la peine
D'être épargnés? Non, non ; la patrie avant tout.
Nous entrons dans Paris. Nous poursuivons partout
Les lâches pétroleurs, incendiant la ville.
Grand Dieu ! que c'est affreux, cette guerre civile !
Triste nécessité !... mais c'est nécessité.
Plus d'une fois, j'ai pu le poignard éviter.
Dans le coin d'une rue, une blouse sanglante
Me tire un revolver. Mon sâbre je lui plante,
Dans le cœur. Raide mort... La garde d'accourir !...
Sous les coups des brigands je devais bien périr.
J'ai bien été blessé. Grâce à Dieu, ma blessure
Se guerirat bientôt. Ma chair est saine et pure,
Et n'a point de venin. Le chirurgien me dit :
Tu ne risques plus rien, mais prends garde aux bandits.
Que c'est affreux de voir les horreurs du pétrole !
Pourtant les pétroleurs arrêtés dans leur rôle
Heureusement à temps, n'ont pas pu tout brûler,
Et du gouvernement les bases ébranler.
Sans l'armé, oui, sans nous, la France était perdue.
Des gredins députés ne l'ont que trop vendue.
Que d'affreux souvenirs !... Que de sang innocent
Versé dans la Roquette, où les plus braves gens

Ont été massacrés ! C'est assez vous en dire.
Si nous les épargnions, ils en feraient bien pire.
Puis, j'ai quitté Paris. Je suis à Saint-Denis,
Où j'ai plus de travail que je n'en peux finir.
Je voudrais bien savoir où sont mes camarades,
Pierre, Bresse, Rosset, Martin. En promenade,
De parler du pays, quand nous avions le temps,
Après notre service. Ha ! nous étions contents !
Verluchet et Bandet, en salle de police,
Ou dans les hopitaux, font toujours l'exercice.
De François Rancurel, d'Hippolyte Rondin,
Je voudrais bien aussi connaître le destin.
J'ai changé garnison ; je suis donc à Versailles,
Où l'on surveille aussi les communards canailles.
Je vos embrasse tous. Adieu, mes chers parents.
Ecrivez-moi souvent des lettres, de l'argent.
Ha ! j'oubliais encor que j'ai fait connaissance
D'une excellente fill-, à qui mon alliance
Conviendrait, j'en suis sûr, mais c'est bien superflu.
A regret j'ai quitté. Je ne la verrai plus.
Ho ! qu'elle chante bien l'aimâble chansonnette,
Qui s'accorderait bien avec ma sœur Suzette.

CHANSON D'IN AMOÉROUSA.

Guernadier, que tu m'affliges,
En m'appernant ton départ !
Vâs dire à ton capitaine,
Qu'il te laisse en nos cantons,
En garnison ;
Que j'en serai ben aise,
Contente,
Ravie !
Qu'il te laisse en garnison.

. . . .

Mais je crois que j'en saut-, et si je puis l'avoir,
De vous l'expédier je me fais un devoir.
Ne croyez pas pourtant que je me laisse prendre,
Par la folle amitié. Je saurai m'en défendre.
Je ne vous causerai jamais désagrément.
Je suis plein de respect pour mes biens chers parents.

RÉMY.

Que sarit donc fachoux qu'i priss- in étrangéri !
N'ons-jeo pas, u païs, ben prot de ménagéris,
Que sont jouillets, richets, que faront bonnat fin ?
Que Martin chôye tant, pe son bon Ceraphin.

Lous mâriâgeos.

BARTHELEMY.

Notron brâvo pasteur a criâ siaix mâriâgeos.
In de bon, cinq mouvais, suevant lous bavardâgeos.

RANCUREL.

Ce que je sâvo ben, eit que lo meillour sort,
Eit la fenat chrétienn.

RÉMY A FRANÇON ET SUZETTE.

Ho ! veikiat lous tresors.

RANCUREL.

Veyez du Coutamin le famillets nombrouses !
Tos lous maineaux ont preis de fillets ben piouses,

Que sont sans vanitâ, qu'âmont ben lous través.
Lours champs rapportont ben, perqu'i sont cueurtivés.
Lo pan ne manque pas, à cuellous qu'ont confianci.
Lo bon Dieu norrit tot, mêmo cueux qu'ont défianci.
Ne sayons pas intiets. Tos lous uzets du ciel
Trôvont leur pâturat, et lous breuts ont de miel.
Charchions premiérament du bon Dieu lo royaume.
Itien n'empâchie pas lous sâgeos écomômes.
Ne fout pas êtr avarr, incour moins prodigot.
Lous pareisoux sont ben, de migier, indignots.
Mais tos lous ambitioux, esclâvos de lours vicios,
Saront jitâs, ben seur, dedins lo precepicio.
Tout u tard lous richots lo bon Dieu moudirat ;
Et lous nombroux efants ben sâgeos benirat.

MARTIN.

Si vo voliez fenat, niat tojours quôques brâves ;
Si de l'honnétetâ vos êtes lous esclâves.
Chôésissiez de fillets que sayont respetâs.
Vo sariz seurs, u moins, de lour fidélita.
On râille sôttament cuellets que sont dévôtes ;
On ne vout pas, dit-on, prendre cuellets bigôtes.
On dit que lous cueuraux le-z-ont ensorcelâs.
Moins socières que vo, qu'ainsi les appelâz.

PLANEL.

Foudrit le corrigier de lours petits capricios.

Lous abeus de la dévotion.

MARTIN.

I fout ben convenir de quôquos artificios.
S'i-z-écotâviont mieux ce que dit lo cueurâ,

On se plaindrit pas tant. I fariont pas jeurar.
Que voliez-vo-z-enfin !... Le poures criatures,
De lous hômes bitors, nen veyont prot de dures.
Laissiez donc tranquillets cuellets poures fenets,
Si vos étiaz meillours, i sariont plus bonnets.
Eit ben vrai qu'i n'ont pas, quôques feis, de çarvella,
Mais·on âme, quant ben, la legier hirondella.
Pe quôqua fantazi, ouzariz vo grondar
Votrat bonnat fenat, tojours preste â cedar ?
I sont jouillets, gentiats et, mieux qu'itien, modestes.
Lo bel habit le charchi, oussi ben que le vestes.
I-z-âmont pâtelar dessu lous chapelets.
Les âmeriaz-vo mieux u café Michelet ?
U café Lichelet i sont pis que volages ;
I ruinont lous mâris, pe fâre lours ramâges.

Le-z-hourreurs de le mouvaises maisons.

BARTHELEMY.

Vôé, grand Dieu ! que d'hourreurs dedins cuellets maisons !
Que font perdre l'hounneur et mêmo la raison.
Vôé ! qui sintont mouvais le sâles dourielles !
Qu'i sont porris cuellous qu'òsont s'approchier d'elles !
Ha ! qui que vo sayez, richots, pouros garçons,
Gardaz vo tojours ben d'être de polissons.

Lous dangiers de le visitets trot frequentes.

ROSSET.

Visitar trot soyent n'eit tojours que bétise.
Tout u tard amôéroux faront quôques sottises.

Lo bon père Cattin, dé sous treis biaux garçons,
A fat, ben maugrâ leu, treis vilains polissons.
I voliont s'amuzier, pe passar la jôénessa.
Ha! qu'i-z-ont fat plourar Cattin, dins sä vieillessa !
Pierr- eit in migie tot, que n'a jamais lo sou ;
Li foudrit ben d'argent, pe gôuiffrar tot son soul.
Pe qu'i ne vôle pas, Cattin baille la piéça.
I ruine la maison, la reduit à détressa.
Loïs eit in brulô que se fât détestar.
Ni maires, ni cueuraus ne poyont l'arrêtar ;
In orgoilloux, tojours en mouvaises querelles.
Si son yeux eit crevâ , n'eit que pe le batelles.
Janot est in vouren, feniant, galopin,
Que tot lo monde fouit ; in puyant libertin.
I ne respète ren. Sa passion tot déborde.
Pe lo montrar u deigt, tot lo monde s'accorde.
Comat vodriaz-vo donc que cuellous libertins
Poyessont se mâriar? Veyez vo lous Cattin ;
I ne porriont trovar que de fillets puyantes.
I sont sovent cuellets que sont le plus galantes.

La mére chrétienna que garde ben se fillets.

BARTHELEMY.

Veyez la Mâdelon qu'eit fenat d'instreution !
Jamais mainau, chieux lei, n'entre sens premission.
Com i sat écartar de lous sots l'insolenci !...
I garde se fillets, en bonnat seurveillenci.
La Rose essâye prot, lassa, de se fâchier.
Eit la raison prequei ne fout pas la lâchier.

I la tint de rejoint incour plus que Jeannette,
Qu'âme mieux se passar du mond- et de se fêtes.
N'eit pas que, quôques feis, pe la jeusta raison,
I ne recève pas maineau, dins sa maison.
Fout ben, pe se mâriar, fâre la connaissanci.
Mais n'eit que rârament ; pe jeusta complaisanci.

PLANEL.

Γ

Vo vo trompariaz ben, malavisâs garçons,
Si vo lour parlaviaz, comat de polissons.
I vos ouriont bentout chassiats de leur présenci,
Et vo sariaz forciats de loïer lour prudenci.
Fillets, si vo voliez vo fâre respetar,
Moufiaz-vo du garçons qu'affétont de flattar.
Pe lou sots compliments, le folles Gabrielles
Se laissiont enjôlar et se font môquar d'elles.

Histôére d'in polisson.

RÉMY.

Vo sayez !... Guillardin !... que fat tant lous yeux doux,
Que se creïet plus seur que tos lous pretendours,
D'aveir la Mâdelon, à force de caresses ;
Com il a païat chier sa sôtta maladresse.
Lo pouro Guillardin, tot u commenciment,
Faziet ben lo gentil, parlâve sâgiment.
Peus, petit à petit, lâchit quôques parôles,
Comat font lous galants que sont de mouvais drôles.
Mâdelon rogissit, et son père Bertin,
Pe cueu sign- averti, chassit lo galopin.

T'az ben fat, ma fillet, tot com- a fat ta mère.
Ne fout jamais suffrir oucuin mouvais mystère.

MARTIN.

I meritàve ben inat ruda frottâ,
L'insolent Guillardin, hypocrit- effrontà.
Dins d'honnétes maisons, ni leu, ni sous semblàblos
Ne saliront l'hounneur. No, no ; lous miserablos !
Lo pouro Guillardin s'eit ben cassâ lo naz.
Tientie se sat pertot ; de tos il eit cornà.

Le mouvaises fillets ne poyout se màriâr.

RÉMY.

Ne fout pas s'adressier, à fillets que sont sâges ;
Quand, pe lous polissons, niat d'outres u village ;
Qu'i ne charchiont pas tant. Niat prot, dins lous chamins,
De fillets déflourâs que charchiont lous gamins ;
Qu'àmont mieux s'affichier, que de tojours attendre
Lous mainaux dégotas, que vodriont s'en défendre.
Lours mères vodriont prot, u que siait le logier.
I font mei qu'i ne pont, pe le ben arrengier.
Mais lo meillour lour manque, et la bella toiletta
Ne pot pas remplacier la vertu de Jannetta.
T'ô pas vrai, que, tojours, lous mouvais garnaments
Ouriont, pe se mariar, de meillours sentiments ?
I vodriont, s'i poyont, pretendre à le plus brâves.
Mais lour mouvais renom y bite trot d'entrâves.
Eit seur que la vertu fat le mariâg héroux.

RANCUREL.

Eit lo vicio, tojours, que fat lous malhéroux.
La passion de biautâ fat ben versar de larmes.
Lo merit, u contrair, eit tojours plein de charmes.

FRANÇON RANCUREL.

Veyez-vo ! le fillets brillantes de clincants !...
I ne se sintont pas, sos lours chapets fringants.
Vo diriaz, à lour ton, qu'i sont ben de marquises ;
Mais le poures, beliau, n'ayont qu'inat chamise.

RÉMY.

Lous mainaux ben moquours lour font de compliments.
N'eit que pe se moquar ; jamais pe sentiment.
I vôlont s'amuzier ; mais no, pe de mâriâgeos.
Tant ce pou de bon sens lous rendrit ben plus sâgeos.
Lour foudrit ben d'argent, pe le-z-entretenir !
Dins cuellat vanitâ ! Porriont-ô sotenir,
Mougrâ tos lours través ? On chôésit le plus probes,
Propretets, ben pignâs, vétis de simples rôbes.
No ; lous bravos mainaux, que sâvont ben comptar,
Cuellets folles fillets n'iront pas vesitar.
I se laissiont pas prendr, à l'amôéracherie.
La vanitâ tojours n'eit qu'inat forbarie.
I sâvont refléchir. I-z-iront quoques feis,
Dins le bonnets maisons, simples com outres feis.
I remarquaront ben le plus laboriouses,
Et de la propretâ tojours le plus sogniouses.

———

Mouvais caratères de fenets.

MARTIN.

Jousephine Mallet, inat gentiat fenat ;
S'il ayet, pe mieux fâr-, in pou de fortunat ;
S'i sayet governar ; s'il étie-t-éconôme.
Mais, pe sa toiletat, i ruinarit son hôme.

BARTHELEMY.

La Marion Carteret querelle son mari.
Et lo jour et lo not, on n'entend que sous cris.
Perquei se fâchie-t-ô ? Sovent, pe pou de chousa.
Il eit si creïandière, et seurtout si jalousa.

ROSSET.

La Liauda Japettat, sechi com in hareng,
Glissie tojours pertot sa lenga de sarpent.
Nions ne pot échappar, à sous sots bavardâgeos,
Que cousont tant de mâ, dins tos notrous villageos.

FRANÇON RANCUREL.

Voudrit ben mieux suffrir lous défouts du prochain,
Que tant lo cretiquar.

RÉMY.

Oué ; n'iourit point de fin.

Lo saint mâriâgeo.

FRANÇON RANCUREL.

Barthelemy diziet, que dessu siaix mâriâgeos,
N'iaït qu'in seul de bon, in seul, pas daventâgeo.
Je n'ezaminò pas ; je n'en cretiq oucuin.
Mais je pôé ben parlar d'icueu de Contamin,
Lo plus brâvo garçon, qu'a-t-éposa Jeannetta.
Ho ! cueuti a ben étâ lo plus chrétienna fêta !
Lo bon Dieu benirat cuellat saint union,
Car i-z-ont fat sovent la sainta communion.
Eti in bonheur de veir cuellat charmante épousa
Si sagettat tojours, fraichi com inat rousa.
I s'étiont ben tojours, comat fout confessâs.
Ont volu se mâriar, à la sainta messâ.
I-z-ont ben meritâ qu'on lour bite l'écharpa
Du tres saint Sacrament. Il ourit preis la châpa,
Monsieur notron cueurâ, tant il étie content
De sous saints éposours. Tienti eit ben rârament !...

RANCUREL.

T'az raison, ma Françon ; oué ; si tos lous mâriâgeos
Etiont ben celebrâs, pe de jôénes gens sâgeòs ;
On ne verrit pas tant, tant de maléditions,
Su tant de famillets. Pou de beneditions
Sont agriats du ciel. Eit prequei lo désordre
Désôle le maisons. Per y bitar bon ordre,
Foudrit ben commencier pe cuellat fondation
De la societâ. N'eit ô pas l'instrution
De notrat religion ? Eujord'heu la jôénessa,
A lous moudits parents ne couse que tristessa.

Le couses du malhéroux mâriâgeos.

MARTIN.

No no soventarons de ce qu'a dit Rosset,
De cuellous treis mainaux, dont Cattin li diziet :
Ha ! si j'ayens prevu si malhérousa suita !
J'ourins ben reformâ ma fachousa conduita.
Que je seus malhéroux père de famillet !
Ha ! si je lous ayens frottâ de l'étrillet,
Dins lo temps que faillet ; je sarins pardonâblo.
Mais eujord'heu, qu'i sont dins le chamin du diâblo,
Eit trot tard d'y pensar. Voudrit mieux être mort,
Que de plourar en vain un si doloroux sort.
S'eit ben veu, de tos temps, d'acidents de jôénessa ;
Mais la crainta de Dieu repariet la faiblessa.
Eujord'heu, plus de frein. N'iat plus de religion,
Per empâchier du mâ l'affrousa contagion.
Ha ! si j'ayens süavi tojours le bon ézemplo
Du bons chrétiens que vont fidélament u templo !...
Eit prot, dit Contamin. Votrat mouvais humour
Ne garit pas lo mâ. Fout sarrar lo licou,
U chivaux emportâs, et sens trop lous porsuire,
Fout saveir se sarvir du fôuet, pe lous conduire.
Tien s'eit veu, de tot temps, que la severitâ
Eit in remédo seur, tot comat la bontâ.
Fout saveir l'appliquar, suévant le circonstancis,
Et jamais ne passar oucuin impertinanci.

Trist ézemplo d'in mouvais mâriâgeo.

PLANEL.

Laissiez-me vo contar ce qu'a fat Mâdelon,
En portant son popon, dedins son cotillon.
Vôé! la poura fenat! qu'i ploure et se désole!
Ren ne pot l'arrétar; ni ren ne la consôle.
Ha! gueux de galopin!... Tais... veikiat ton efant;
Migies-lo, si te voux; pe qu'i n'aye pas fam.
J'âmo mieux lo veir mort, que pâtir de misère!...
J'ai tort; si j'ayens creu ma poura bonnat mère,
Je ne t'ourins pas preis, ivrognet, polisson!
Que je seus malhérous!... O Dieu! quinta liçon!...
Fout se mordre lous deigts, quand on ne pot mieux fâre.
Tais..., brigand, je le tuïos!... Tais, veikiat ton affâre!...
Carmes te, Mâdelon. Vins vito beire in cop...
Je te casso lo grôuin, guerdin, de cueu tricot.
Pendant que tous efants, cruïel, charchiont l'armoune,
Ti, te te gôuinfres ben, brigand, et te capounes.
Si beliau, per hazard, te faz inat jornâ,
Dins ta gueula, te l'az ussitout enfornâ.
Si te ne migiavaz ren que ce que te gagnes,
J'i porrins seupportar. Mais tot ce que j'affâne
A la süour de mon front, et lo jour et lo not,
U lieu de m'i laissier, pe lous pouros pitiots;
Te me-z-i vôles tot... Scelerat de canaille...;
Te couch u cabaret... Mi je grôill à la paille.

BARTHELEMY.

N'iat ren à dire itiet. Pichat est in vouren,
Que vôle tant que pot, pe migier quôquaren.
I vout revolution, pe fâre bonnat fêta;
Pe gagnier la preison, u se cassar la têta.

Lo dimar gras u villageo.

ROSSET.

I diziont que dimar, iourat de grands régals,
Dins tos lous cabarets, p'entarrar carnaval.

FRANÇON RANCUREL.

Sarit ben mieux d'aveir lous veisins, le veisines,
En famillet, chieux si ; fàre in pou de cusine ;
Que de galibordar dedins lous cabarets,
Lo pou d'argent qu'on a. T'ô pas vrai, Rancurel ?

RANCUREL.

Pe plus d'inat raison... Que voliez-vo ? Lour semble,
Que lo vin eit meillour, ikiet que tot s'assemble ;
Lous mouvais, quôquos bons, lous jôénos et lous vieux ;
Quant ben mêmo, chieux si, l'on sarit cent feis mieux.
Incour si seuffiziet de petita dépensa !...
Fout ben, onte que siaiz, aveir soin de la pensa,
Mais lous plus grands dangiers sont lous mouvais propous,
Peus lous mouvais jornaux ; sornettets que font pour.
La religion, lous chefs, on passe tot u criblo.
Sont lous plus allengàs que sont lous plus tarriblos.
Et la paix, et la guerr-, et tot u tremblament,
Le lois et lous jugeots, et lo governament.
On y despeute tot. Tot pass u contorôlo.
Et cueux que gagnaront sont lous plus mouvais drôlos.
N'iat pas de pouro Liaud u d'ignarro grous Jean,
Que n'aye son sarmon. I sont tos de savants.
Lous cabarets sont ben de mouvais balomètres !...

PLANEL.

Baromètres.

RANCUREL.

Sayet; Planel, t'ez in bon maître.
Barromètres, te dis, qu'annonciont mouvais temps.

RÉMY.

I-z-annonciont lo bon.

RANCUREL.

Vôélà ! qu'iat longtemps,
Que n'ons que de mouvais ! Lous revolutionaires,
Dedins lous cabarets, broillont tant le-z-affaires !

FRANÇON RANCUREL A PLANEL.

Ne soms si ben chieux vo ! Mais fout nos en allar.

PLANEL.

Nos ons ben prot lo temps. J'âm entendre parlar
Lo père Rancurel.

RÉMY.

I parle com- in livro.
Mais, pe lous cabarets, chacuin deit être libro.
J'y vôlo ben allar, saveir ce que se dit.
N'irai pas chieux Suzon. J'irai chieux Reverdy,
U tot se passe ben. L'on beit et l'on descueute.
I ne seupporte pas de mouvaises despeutes.

RANCUREL.

Bon vépr à tos, amis ; nos en vons no couchier.
Allaz u vo vodriz ; mais n'allaz pas bronchier.

BARTHELEMY. -

Sayez ben tranquillot. No sourons no défendre,
De cuellous allengàs que no fariont tos pendre.

RÉMY.

Mon bon ami Planel, fout ben en convenir,
Rancurel a raison ; fŏut ben lo sotenir.
Dedins lous cabarets, inat folla jôénessa,
Et, plus que d'inat feis, l'incredullat vieillessa,
Mi mêmo, lo premier, mais sens méchencetâ
Et sens voleir lo mâ, ne l'ons trop seupportâ.
Mais je me reconneussi-, et je sarai plus fermo
Pe blamar, p'empâchier, enfin bitar un termo,
A tos cuellous propous, contra la religion,
Que cousont lous malheurs de la révolution.

PLANEL.

T'az ben raison, Rémy ; tot comat ti, je penso.
Mi ne seus pas instruit, et lo bon Dieu j'offenso.
Mais, pe la religion, pe la tranquillitâ,
Cuellous mouvais propous, fout ben lous arrétar.
Quei donc, Barthelemy, ti l'ami de Bridaine !

Lous païsans missionnairos.

DESPEUTES.

BARTHELEMY.

Bridain- eit ben instruit !... Sa mère Mâdeléne
Ne badinâve pas. Pe lo fôuet, u besoin,
I sayet lo tenir, comat fout, de rejoint.
Il étie bon efant ; mais il amâve courre.
Vo sayez ! L'étordi !... trot sovent i s'entoùrre
De lous mouvais sojets !...

ROSSET.

Eit leu que n'a pas pour.
Et du-z-incredullots sat ben rivar lous clous.
Vôé ! com- i se démén-, et com- i sat ben dire,
Et ripostar à tot !... Quôques feis, fâre rire.
Per mi, chieux la Suzon, je vôlo l'invitar ;
Pe repondr- u blagours, l'entendre débitar.
Si vo voliez venir ?...

RÉMY.

Mais ren ne nos empâchie.

ROSSET.

Je vos avertissos. Quôques feis, i se fâchie.

BRIDAINE.

Lo bon jour, mous amis, Rosset, Barthelemy.
Planel, vo-z-ez ben fat de m'amenar Rémy.
I fat ben, quôques feis, tant ce pou, l'incredeullo !...
Mi, pe la religion, d'in grand zélo je breulo.
Tais !... Veyez Navizet, monsieur Brissot, Jacquin,
Que vont chieux la Suzon et Jacque Contamin.

REMY.

Nos irons tos ensemb. Fout fâre in pou ripaille.
Eit ben lo dimar gras... (Sens donnar d'escandâle.)

Lous bons païsans u mouvais cabaret.

. BRIDAINE.

Lous monsieurs, se creïant d'être de grands savants,
Vôlont endotrinar lous pouros païsans.
Eit ben vrai qu'i n'ont pas tant follietâ lous livres.
Ne sâvons selament, tant ce pou, lire, écrire.
Lous savants, per aveir tant dépensâ de sous,
Ne sont pas, per itien, ben sovent, lous meillours.
De la scienci, sovent, i font mouvais usâgeo.
J'estimo, cent feis mei, lous bons païsans sâgeos,
Que ne couseront pas lous moux de la nation.
Sont lous mouvais savants que font revolution.

Lous païsans incredullots.

JACQUIN.

Quei-t-ô que cueu sarmon d'icueu grous Jean Bridaine?
I parl- en capucin, en vrai croquemitaine.
I gronde lous monsieurs, vente lous païsans,
Et comat de crétins, parle de lous savants.
Je ne pôé l'écotar ; vrai, je perdo patienci.
Quei donc !... Pot ô parlar du savants, de la scienci !
Du frèr- ignorantin, il a preis le liçons.
I vodrit no menar !... Ha lo pouro garçon !...
Hérousament per nos ; eujord'heu, dins la France,
On comprend l'instreution, totat son importance.
No, no ; ne vôlons plus no laissier governar.
Le peupl- eit trot instruit, pe se laissier menar.

TISSOT.

Douciment, mon Jacquin ! Te frises te mostaches ;
Te gonfles ton jabot ; mais en vain, te te faches.
Te veis ben que Bridain- a perdeu la raison.
Vous te le convertir ? Mais de son ignorenci,
Te ne tireriaz pas in picalion de scienci.
Dins son entétament, il eit trot encroutâ.
Te ne le fariaz pas, d'in point, s'en écartar.
Ne soms trot éclairâs. Fi de se parabòles !
Oué ; vive lo progrès, la scienc- et la parôle.
Allons tos beir in cop ; ne porrons jabotar.
Allons grous Jean Bridain-, allons no confortar.
Pan... pan... Damat Suzon ; vito, vito la goutte.
No venons de bitar le jésuit- en déroute.

L'hypocrita cabarétière.

SUZON VERLUCHET.

Qu'avez-vo donc, messieurs ? Vos êtes ben gaillards !
Dins votrat bell- humour, vo faites lous paillards.
Que j'amo donc vo veir, brâvo père Bridaina !
De tos lours biaux discours, vo n'étes guèr- en peina.

In bon païsan farçour.

RONDIN.

Quei ! Bridain- en penat, leu qu'a si ben parlâ !
Cuellous pouros blagours ne font que déparlar.
Prequei qu'i sont allâs, quoques meis, à l'ecòla ;
I se creiont savants, comat la Mirandôla.
J'âmo lous païsans et lous ignorantins.
Sont le gens comat vo, que sont de vrais crétins.
In once de bon sens vout mei que l'arroganci,
Que gâte tot, pertot, que mén- à la potenci.
Je ne crennos jamais jésuites, capucins.
Mais je tremblo de veir votrous savants coquins.
L'évangilo, jamais, n'a défendu la scienci.
Oué ; l'instreution s'accord- à la bonnat conscienci.
Iat prot de bons monsieurs, que sâvont mei que vos,
Que vos en apprendriont, quant ben i sont dévots.

JACQUIN.

Vo nos offensaz, tos, pe votrat sarmonada.
Vos ouriaz ben besoin d'inat bonnat salada.

Batella du cabaret.

SUZON VERLUCHET.

Garaz-vo, mon Rondin ; Guillot eit ben furioux.
Perquei ! criaz-vo tant, contra cuellous blagours ?

LO TÉMOIN PICOT.

Guillot fot in sofflet, ben marquâ su la jôta.
L'i plant-, en quoqu'en dret, la pointa de sa botta.

SUZON VERLUCHET.

Ouf !.., là, là !... preniez gard- !... eit assez ; arrétaz.
I fout ben lour parlar, mais pas lous moutraitar.
Ha ! si lo procurour mandâve lous gendarmes !
Cueu mouvais paticot farit versar de larmes.

Lous bons païsans se sotennont.

PLANEL.

Ha ben ! monsieur Tissot ! vo qu'ayez tant blagâ !
Vo n'ouriaz jamais creu trovar in allengâ,
Que fissie tant hardi, pe si ben vo repondre,
Pe rivar votrous clous, mémo pe vo confondre.
En vain vo repetaz, que ne soms de nigauds,
Béties, superstitioux, ignorents, u badauds.

Eit aiziat de parlar !... Badaud que vo-z-écôte.
De tot votron jargon, ne conneussions la nôte.
Tot votron paroli si fier, si pretentioux,
N'eit ren de plus qu'un breut, que ne no fat pas pour.

SUZON VERLUCHET.

Vo parlaz com in livr-, u ben com in orâclo.
Mais, pe lous convertir, foudrit mei d'in mirâclo.

TISSOT.

Veyez damat Suzon !... Ho ! qui parle donc ben !
Il âme lous dévots ; lous attiri- u molein.
Ne semblerit-ô pas qu'il eit in pou dévôta.
N'i savons ben portant ; l'eit loin d'être bigôta !...

SUZON VERLUCHET.

N'eit pas pe compliment, ni pe gagnier de sous.
Je dioz la veritâ. Vrai ; je vos âmo tous.
Vos étes si gentils, envers le damaiselles !...
Teniez ; beviez in cop, biaux contours de novelles.

In monsieur incredullot.

BRISSOT.

Aveugles campagnards ! Qu'ils sont donc entêtés !...
Comprendront-ils jamais les fortes vérités
De la philosophie ? Il est bien inutile
D'essayer de la scienc-, et de leur évangile
Leur arracher la foi... Allez donc, malheureux !
Vous n'êtes que des sots, des animaux peureux.

De votre religion, les anges ou les diâbles
Sont tout votre savoir... Mensongcs détestâbles
De l'ambitieux clergé.

NAVIZET.

Vôéla ! quinto bagour !
D'icueu monsieur Brissot que creit no fâro pour !
Sariont ô donc solets, pe comprendre la scienci,
Cuellous incredullots que n'ont point de conscienci ?
N'ons-jeo pas de monsieurs plus sâgeos, plus savants,
Que sont, tot comat no, de sincéros creïants ?

Le couses de l'incredeullità.

BRIDAINE.

U s'i ne creïont pas tot lo long l'évangilo ;
Eit pe se chastenir que semble defficillo.
Si lous commandaments étiont plus facillots,
I sariont pratiquants ; n'iat ren d'impossublot.
Mais si fout observar la règl- évangelique,
I-z-abandônnont tot. Comat tien, tot s'esplique.
Car pe se corrigier, fout de resolutions.
Per être pardonnâ, font bonnat confession.
Je dioz pas tien per mi ; je me confesso guère,
Mougrâ lous bons avis de ma piousa mère.
Mais je dev- estimar lous vrais francs religieux,
Que vont se confessar. Conveniez qu'i font mieux.
I ne sont pas parfaits ; iat ben quôques misères.
Mais tienti eit dè lour tort ; no, lo tort de prières.

Lous borgeois hypocritos.

RONDIN.

Lous borgeois font semblant d'aveir de religion.
I vont à la messat, dins certain ouccasion.
Sovent lour religion n'eit ren que de parâda,
Pe la loi, pe l'houneur, quôques feis pe botâda.
N'eit pas la religion que guide lours conseils.
Ne sâvons, qu'en secret, i se môquont du ciel.
I vodriont prot, ben seur, ramenar lo bon ordre ;
Car, pe lours intérets, i crennont lo désordre.
Sâvont ô selament se bitar à gignoux !
I se tennont tot dreits, comat de peillandroux ;
Sens livro, sens respet, ni sens baissier la fâce,
P'adorar lo bon Dieu. Veikiat ce que se passe.
Lour mouvaisa tenüiat sint l'incredeullitâ,
Scandâlo pernicioux, mei que l'impietâ.
N'eit pas defficillot, u plus simplos, d'y veira,
Que lour religion n'eit pas dutot sincéra.
I-z-ouriont pour, beliau, d'être déshonorâs,
S'i faziont guerr- uvert à monsieur lo cueurâ...

TISSOT.

Lous veikiat, lous devots, diziours de pâtenôtes,
Que vodriont no menar, tot comat de dévôtes,
A l'égleis-, à confess-, et no fâre jeunar,
Carèm et quatro temps. Vôéla ! quinta penâ !...
Vôé ! quinta trista viat !... No, no ; n'iat ren à fâre.
Fout gagnier notron pan ; eit la meillour affâre.

Ons-jeo besoin d'itien?... N'ons-jeo pas la raison,
Pe no conduire ben?... La meillour religion
Eit de ne fâr à nions, ce qu'on vout pas qu'i fasse ;
De fâr à tos de ben.

RÉMY.

Seuffit ô, Boniface?...

La veritabla raison de la religion.

BRIDAINE.

Eit vrai ; mais n'eit pas tot. N'ons un Dieu criateur,
Qu'a tot fat du niant, qu'eit du monde l'outeur.
N'ons de-z-esprits, enfin, de-z-ames immortelles.
No ne fenirons pas, comat le souterelles,
Que sauttont eujord'heu, mais que crévont deman.
N'iat pas comparaison, de l'éternel à lan.
Que vons-jeo devenir, après la viat presenta ?
Enfer u paradis, eit totat notre attanta.
Comat nos ourons fat, sarat lo jugiment.
Bonheur pe la vertu, pe lo vicio torment.
Entre lo bien, lo mâ, n'iat-ô pas differenci ?
Ha ! qu'il eit foll- enfin, la béti indifferenci !
No ; pe rendr-, à chacuin, ce qu'il a meritâ,
Fout poveir distingar, du faux la veritâ.
Dins cueu mond-, on ne pot tojours peunir lo vicio.

RONDIN.

Quand on pot l'attrapar, fout fàre sacrificio.

BONIFACE.

Fout donc in jugiment, après notron trépas ;
In jugiment de Dieu, que ne se trompe pas ;
Que rendrat à chacuin, suévant son vrai merito.

RONDIN.

Que distinguerat ben lous saints du-z-hypocritos.

BONIFACE.

Du pouros, du richots, Dieu décide lo sort.
La rusa n'y fat ren ; eit en darnier ressort.
Si n'étie comat tien, l'innocent lo plus sâgeo
Sarit tojours dupat ; prequei tot l'aventâgeo
Sarit pe lo fripon, qu'eit tojours lo plus fort ;
Tendi que l'innocent n'a point de reconfort.
Per empâchier lo mâ, vout mei de Dieu la crainta,
Que de lous tribunaux, du gendarmos contrainta.
Eit plus seur d'arrêtar, dins sa sourça, lo mâ,
Que de lo châtier, quand il eit consommâ.
Ren ne porrat jamais remplacier la conscienci ;
Ni le lois, ni l'honnour, ni l'orgoillousa scienci.

CONTAMIN.

Si n'iat point d'outra viat, perquei lous malhéroux
Ne pillaront-ô pas, per être plus héroux ?
Dins lo monde present, n'iat donc que l'esperenci,
Que pot no consolar, no tenir en patienci.

Lous mouvais livros.

ROSSET.

Quei-t-ô donc qu'a destruit totat crainta de Dieu ?

BRIDAINE.

Lous livros, lous jornaux, qu'en rencontr- en tot lieu.
Lo borgeois, le premier, a donnâ l'escandâlo,
Qu'a tot boliversâ. Malheur épovantablo !...
I tremble, dins sa pex, de se veir saccagier,
Pe los mouvais sojets qu'on ne pot corrigier.

Le béties colomnies du-z-incredullots.

MONSIEUR RUZAN.

Que dites-vous, gros Jean, cléricaux, imbéciles !
Au diable vos curés. Gardez votre évangile.
Aujourd'hui notre règl- est la seule raison.
Les sermons des curés sont bien hors de saison !...
Autrefois, le clergé, com- un cruel vampire,
Suçait le sang du peupl-, exerçait son empire,
Enchaînait à son joug le vulgaire ignorant.
Sais-tu lire, gros Jean ?... Tiens, lis le *Juif errant*.
Tu verras tes curés exploitant l'ignorance
Des badauds campagnards, réduits à l'impuissance
De reconnaître alors les funestes erreurs,
Qui nous ont tous plongés, dans l'abîme d'horreurs.

Guerres de religion, monstrueuses tortures,
Qui font fremir encor- le bon sens, la nature.
Tu la voudrais encore ta religion d'argent.
Tu ne seras jamais qu'un aveugle Gros Jean.

TISSOT.

Ha ben! pouro Gros Jean, ta lenga reste môétta!
Que t'ez ben assomâ, com inat fotüiat betta !
Pe t'apprendre à parlar, faillet monsieur Rusan.

JACQUIN.

Que sat si ben guidar lous pouros païsans.
I n'ignôre de ren. Il a leu tos lous livros.
Personnat, mieux que leu, ne pot no rendre libros.

TISSOT.

Vive monsieur Rusan.

RONDIN.

Douciment, douciment.
Ecotaz mous grimauds ; fout de discernament,
Pe lire lous jornaux, u le outres histôéres
Que se contredizint. Sont de fotus grimôéres.

RÉMY.

Fout poveir distinguar, pe ne pas s'égarar.
Lo chamin de Tolliens t'ô cueu de Pontcharra?
Cuentie conduit à drait, et l'outre mène à gauche.
Fout prendre lo meillour. Eit cueu que mieux approche.
Mi, je ne sâvo ren ; mais j'ourins lo bon sens
De suévre lo chamin de le-z-honnêtes gens.

RONDIN.

Lous biaux discours, sovent, ne sont que de lanternes,
Que, p'ébloïr le gens, font veir de balivernes.
Ne fout pas s'étordir de tos cuellous bagours.
Tient que fat plus de breut eit lo vôui do tambour.

PLANEL.

Cueu fier monsieur Rusan ne creit ni Dieu, ni diâblo.
No ; de tot ce qu'i dit, n'iat ren de véritablo.
I n'a ni foi, ni loi. Sa pretendüiat raison
N'eit qu'in galimatias de folla déraison.
Mi je ne sâvo pas lous livres de l'histôére ;
Ce que je sâvo ben, sens jornâ, ni grimôére,
Eit ce que je veyos, pertot, de mous doux yeux ;
Ce que j'ai consarvâ, de tos mous bons aïeux.

Ne fout pas désesperar du-z-incredullots.

CONTAMIN.

Lous pouros aveuglots !... I couront à lour perta.
Oué ; lour reprobation n'eit que trot manifesta !...
I-z-ont affàr- u diabl- ; on ne pot esperar,
Ni de lous convertir, ni de lous éclairar,
Dins lour aveuglament. Vôé! que Dieu me pardônne.

BARTHELEMY.

No ; jamais lo bon Dieu lo pécheur n'abandônne.

De lour égaroment, s'i voliont revenir ;
Iat ben pardon pe tos. Tos pont se convertir.
Pensaz-vo qu'i voliont crevar comat de béties ?
Comat cueu Perroudon, viciou mulet qu'il étie.
Fout pas désesperar.

Iu païsan converti.

JACQUIN.

Vos ayez ben raison,
De no si ben parlar. Vo donnaz l'ouccasion
D'en arrétar plusiours, de ramenar lous autres
A meillours sentiments ; tot comat lous apôtres,
Qu'ont chengiat tant de loups, en ont fat de-z-agnets,
Qu'ont fat lous plus grands saints, du plus cruïels borrets.

TISSOT.

Vôé ! quinto chengiment d'idé- et de lengâgeo !...
Ti que faziaz lo mei de breut et de tapâgeo !
Ti qu'on diziet lo plus fanfaron dégordi !
Pe tot dir-, en in mot, de tos lo plus bandit.
Sariaz-te converti ?... Pe to sottes parôles,
Te no faz de sarmons, plutout de faribôles.
Eit ta fenat, beliau, qu'a chengiat tous propous
Tot lo monde-z-i dit. Vôéla ! te faziaz pour.
Jacquin novet dévot !... Beliau pe moquarie !...

JACQUIN.

Je ne m'itiéto pas de votrat raillarie.

La religion se perd. N'iat plus de probitâ.
Cueu que ne craint pas Dieu, ren ne pot l'arrétar.
Fout ben en convenir! Oué ; la bonnat conscienci
Eit tojours mieux de fiar, que de Rusan la scienci.

Reponsa seriousa à le calomnies.

BRIDAINE.

Ren n'eit plus facillot, mous amis, que blagar.
Seuffit d'aveir d'oudac-, et d'étr- in allengâ.
L'incredullot Rusan tranche tot, com- in jugeo.
On dirit tot perdeu, comat dins lo délugeo.
Mais, pe parlar ben jeust-, i fout aveir appreis.
No ; ren de ce qu'i dit, i n'a jamais compreis.
De millions de martÿrs de si sainta mémôére,
Dins tos lous temps, pertot, com on veit dins l'histôére,
Sariont-ô creminels; lous borrets, innocents ?
Sarit contra raison, lo plus simplo bon sens.
Quei ! lous hereticots tachiats de tant de crimes,
Dins le guerres, en Franc-, étiont ô le victimes ?
Faillet ô lous laissier tot brular, saccagier ?
Contra lous revortâs, ne pas se dérengier !
Cuellous biaux raisonnours, qu'i sont crüiels, injeustos,
Contrâ le brâves gens, lous meillours, lous plus jeustos !
Ne savons-jeo donc pas ? Dins la Revolution,
Lo massâcr, â Paris, dins totat la nation ?
Vos ouriz biau criar, lous supplicios barbaros
De le-z-inquisitions. I-z-étiont ben plus râros,
Qu'eujord'heu l'échafaud ? Incour que lous patients
Etiont grands creminels, rârament innocents.
Outrefeis, dins cent ans, dix feis mei de victimes.
Eujord'heu, dins dix ans, in cent feis mei de crimes.

Barthelemy.

Ne fout pe détrompar, que parlar moins sorioux.
Lous innocents agnets accueusâs, pe lous loups,
D'aveir trôblâ lo rieu, lous agnets, u lours mères.
Saye ce que porrat... Beliau ben lours grand-pères.
Mais i beviont davat ; lous loups beviont damot.
Poyont ô troblar l'aig-? érit ô possublot ?

Planel.

Mais tientie n'eit pas tot. Ce qu'eit plus increïablo,
Accueusar lous cueuraux, comat lous plus copablos,
De tant de sang versâ, de tant de moux affreux,
Guerres de religion, de combats désastreux.
On dirit lo déluge- envahissant le terres,
U l'univers destruit, pe lo fiot du tonnerre.
Tot tien n'eit que de breut, ren outre qu'illusion,
Du-z-esprits détracâs, foll- emagination.
De lous malins esprits, oupiniâtres messonges,
Que trompont, en passant, comat lous sombres songes.
Seuffit d'aveir de-z-ieux, pe doux liars de bon sens,
Pe veir, qu'i se moquont d'u pouros ignorents.

Lous païsans galâs pe lous mouvais jornaux.

OUTRES ACCUEUSATIONS CONTRA LOUS CUEURAUX.

Tissot.

Monsieur lo Verluchet, lisiez no le novelles.

Verluchet.

Ecotaz, mous amis ; i nien a de ben belles,
Dins cueteu bon jornâ. Lous nôblos, lous cueuraux
S'entendont, pe trompar tos lous pouros ruraux.
I no vodriont privar, pendant qu'i font bombanci,
Et de tot lo meillour se gôuinfront ben la pansi.
Nos outros no foudrit ne migier que de pan,
Beir d'aig-. A lours yeux, ne soms que de manans.
Ne sarit pas mâ fat, de lours copar le-z-âles,
A tos cuellous uzets.

Le veritables couses de la prosperitâ et de la misèri.

Rosset.

Vo vodriaz de regâles,
Mous pouros feniants ! Fout pas tant s'amusier.
Pe migier in pou bon, fout économizier.
Vo ne pensaz tojours, qu'a fâre la bambôche.
Vos obliez qu'iat de jours, darrier la rôche.
Cuellous qu'ont de pan blanc et de meillour fricôt,
N'ont pas tojours étâ ni nôblos, ni richots.
I-z-ont ben travaillat, pe se bitar de resta,
Sovent se contentiont de la plus poura vesta.
Mais vo, vo migiez tot ; lo pan blanc lo premier.
Vo faites lous monsieurs. Migiez donc de pan nier.

Jacquin.

N'ons pro veu de richots prodigots de lour boursa ;
Pe se fâre valeir ; i-z-ont tari la sourça.

5

Lous gueux sàgeos, prudents, en ont beñ profità.
Tientie sarat tojours, com a tojours étà.
Lous richots trop gromands, ont perdeu lours richesses.
I-zont ben merità ! Tant pis pe la mollesse.
Lo campagnard vaillant, l'ovrier prob- et prudent,
U dépens du richot, s'enrechissont sovent.
La sàg- économi- et la bonnat conduita
Ont tojours, tout u tard, la plus hérousa suita.
Ren de plus jeust-, enfin, que chacuin, dins son sort,
Deive gagnier l'estim- et fàre son tresor.

CONTAMIN.

Eit ben vrai, tot itien. Ecotaz me jôenessa :
Monsieur de Picardi- et la damat Chantessa
Ayiont de grands tresors. Lo pour- étie jaloux.
I-z-ont tot avalà ; font pitié, lous grigoux !
Veyez monsieur Tachard, et la damat Franchise.
I n'ayont qu'in habit, beliau ben la chamise.
I-z-ont tant travaillat, tant économiziat,
Sens friponnar jamais ; i sont lous plus aiziats.
Dedins tos lous païs, vo veyez, ma jôénessa !
Pe fàre fortunat, fout vaincre la paressa.
Sarit ô jeust, enfin, que lous galibordours,
Lous poltrons, lous gromands, fissiont pas malhéroux ?

BARTHELEMY.

Eit ben vrai ; trot sovent que lo vicio déborde.
On fat inat jornà ; vit- on la galiborde.
Si j'ayens garandà, dit lo père Magniat,
Chaque jour, tant ce pou, de ce que j'ai gagniat,
Je porrins eujord'heu, fàre roular carrôsse ;
U lieu de tant suffrir, de tant roular ma bôsse.

Prequei lo bon Dieu voul de pouros.

RÉMY.

Fout portant convenir... Iat ben de malhéroux,
Que n'ont jamais étâ bambochours, pereisoux.
Je sâvo ben qu'i diont : N'iat point de gueux sens cousa.
Mi je dioz qu'eit lo sort que décide la chousa.
Eit lo secret de Dieu, no dit notron cueurà,
Que vodrit convertir lo pécheur, l'éclairar.
Cueux que suffront pe Dieu, diziet ô, dins son prône,
Sont cueux que meritont la plus bella corône.

La pouvretâ de le bràves gens fat ben veir qu'iat in outra viat, pe recompensar.

CONTAMIN.

N'eit ô pas reconneu?... Ben trot de malhéroux
Sont, mei que d'inat feis, lous plus laborioux.
Le plus honnétes gens et lous plus éconòmes,
Que n'ont fat que lo ben, lous plus vertuoux hòmes,
Sariont ô confondus, dins le mèmo destin,
Avé lous scélerats, migies tot et coquins,
Que, dins totat lour viat, n'ont fat que de ravàgeos,
Qu'ont ruinâ lo païs, pe tant de brigandâgeos?

BRIDAINE.

L'Evangilo no dit : Hérous pouros d'esprit.
Lo plus pouro de tos n'eit ô pas Jeusechrist,

Que n'ayet que de paill-, à sa rudat couchetta,
(Leu qu'eit maître de tot,) pe reposar sa têta.
Pe nos encoragier, il a voulu suffrir,
Et comat lo plus pour-, il a volu morir.
Héroux, pouros d'esprit ; vos ouriz le royaume.
Sayons patients, comat lo Fils de Dieu fat hôme.
N'iat qu'itien, p'espliquar le-z-inégalitâs
De notrat corta viat. Ne-z-ons l'éternitâ,
Pe no recompensar de totets le suffrances,
Que ne devons tojours endurar, en patience.

Lous ennemis du cueuraux que preunont lour défensa.

RÉMY.

Tetores, j'entendins lire, dins lous jornaux,
Mouvaises cretiquets, contra notrous cueuraux.
Je vodrins ben saveir ce que l'on deit repondre,
A cuellous insolents ; comat fout lous confondre.
N'en creïos pas in mot. Vo, sincéro Jacquin,
Vo porriaz, beliau ben, vengier lous calotins.

JACQUIN.

Je ne seus pas bigot. Vo sayez... ni credullo ;
Mais je ne pôé suffrir lous méchents incredullos.
Je vôlo la raison. J'âmo la veritâ,
Et de la jeusticet, je ne pôé m'écartar.
De lous pouros cueuraux, i diont tant de sottises !
Si niat in pou de vrai, cent feis mei de bétises.
Je sarins lo premier, à condamnar lours torts ;
Mais je ne pôé plus veir d'imbecillots bitors,

Que vodriont qu'i fissiont tojours, comat de-z-anges.
Tojours parfaits et pleins de vertus, sens mélanges.
Sarit à désirar... Mais pot on l'esperar ?
Pe ben juger itien, foudrit considerar...
La pour- humanitâ n'eit jamais, sens faiblesse,
Même quand on vout ben ; quant ben on se confesse.

CONTAMIN.

No ; n'eit pas possublot. No ; n'iat nions sens pechié ;
Mougrâ tos lous sarmons qu'on fat, per empâchier.
Fout seupportar lo mâ, tot en charchiant remédo ;
Pe voleir tot l'outar, on lo rendrit plus laido.
Vout sovent mieux suffrir, que voleir tot rengier.

RONDIN.

Qu'avalar lo pôïson, pe voleir se peurgier.

JACQUIN.

Mais je m'appercevos qu'in pou trop je bavardo.
Eit temps de me quésier. La parôl- eit à Bardo.
Bardo, ti te saz mieux, tot comat lo cueurâ,
Pe convertir le gens, lous gagnier, pérorar.

La veritabla raison de la haina contra lous cueuraux.

BARDO.

Te n'az ren dit de mâ. Ta parôl- eit seriousa.
Inat bonna liçon eit tojours bonnat chousa.
Mais tien ne farat ren, pe lous tos convertir.
Te saz qu'i-z-amont tant in pou se dévertir.

Te saz ben, mon Jacquin, la cousa veritabla
De lour haina furious- et si déraisonnabla,
Contra la religion, contra tos loùs pasteurs,
Que vodriont corrigier, fàre notron bonheur.
Tant de-z-accueusations ne sont que de pretestes,
Pe mieux libertinar , pe mieux fàre lours gestes.

Tos loùs mouvais sojets sont loùs ennemis du cueuraùx.

SUZON VERLUCHET.

Ha ! veikiat Jousserand, Jacque Phelipotau,
Jean Brachet et Poutot, qu'âmont pas loùs cueuraux.
Sayez loùs benvenus, et veniez prendre plâce,
Pe tot loùs espliquar, dire ce que se passe.
En attendant, je vôé vo tirier de bon vin,
Et pe vo regalar, fricassier de bodins.

JOUSSERAND.

Vous parlez des curés... C'est une triste race.
Il faudrait bien, enfin, en effacer la trace.
Nous n'avons pas besoin de ces noirs intrigants ;
De foutus fainéants, ambitieux et gourmands.
Ils exploitent le peuple, amassent des richesses.
Ah ! la sueur de nos fronts paye cher leur paresse.

BRIDAINE.

La tabla du cueuraux poyez vo cretiquar ?
Quei ! jeusqu'à lour pan blan, fout ô vos espliquar ?
Tienti- eit in pou trop fort. Sont ô donc de-z-émâges,
Pe vivre, sens migier ? U ren que de-z-herbâges.

RONDIN.

Sens lous premettr- u moins quôques feis, de polets?
Sarit trot rigoroux.

BRIDAINE.

Lous plus pouros chalets
Font routir lo dindon, quôques feis, pe le fêtes.
Avé votrous amis, ben plus gromands vos êtes,
Vo que lour meseuraz lo vin et lo fricot.

RONDIN.

Et que lour regrettaz de beire quôquos cops,
Du meillour du païs.

BRIDAINE.

Votrets folles bambôches,
Dedins lous cabarets, font ben d'outres accrôches,
Que ruinont le maisons.

RONDIN.

Com-i diziont si vrai ;
Que lous cabarétiers saront lours héritiers.

Lous cueuraux avaricioux.

BRIDAINE.

La boursa du cueuraux sarit ô donc la mina
Que fat outant d'argent, que molein de farina?
Eit ben mal à propous... Car u sont lous tresors,
Qu'i-z-ont tant amassiats? Vos ignoraz lour sort.

N'en manque pas, que n'ont que privations, misères,
Vivont de charités de tos lours bons confrères.
Niennat que sont uziats, d'outros estropiats.
Veikiat lours biaux tresors, qu'i-z-ont si ben gagniats.
Lous cueuraux d'outres feis, comat lous cueuraux d'hore,
Faziont ce qu'i poyont. Je vo l'ai dit tetores.
Eit vrai que quôquos ins se sont ben mâ conduit ;
Mais, pe la jeusticet, i sont tojours reduits.
Per itien, fout ô donc qu'inat berbis galousa
Perde tot le tropet ? Que la haina furiousa,
Sens rima ni raison, accueuse l'innocent ?
T'ô pas vrai, ti Remy, ti que t'as de bon sens.

RÉMY.

Oué ; mais tant de badauds, creïant totets sornettes,
Se laissiont étordir !... Du jornaux le trompettes
Etordissont le gens, et lour font illusion ;
Pe bitar lo désordr- et la revolution.
S'i voliont refléchir ; i verriont qu'on lous trompe.
Que lo breut du jornaux n'eit qu'inat vaina pompe.
I ne lous creriont plus. U lieu de lous charchier ;
I ne lous prendriont plus, que pe lous échirier.
Cependant, esperons que le gens du villageo
Reconneutront enfin lo messongier lengageo.

BARTHELEMY.

I ne sont pas méchents, lous simplos païsans.
N'en manque pas, non plus d'honnétos artisans.
I veyont lous cueuraux, en villat, en campagne.
La charitâ, pertot, tojours lous accompagne.
I-z-ouriont prot d'envei, lassa, de solagier
Tos cuellous qu'ont besoin. No ; pe se dérengier,
Et lo jour, et la not ; no, no ; jamais la crainta
Ne pot lous arrétar. Selament la contrainta

Porrit lous empâchier de prodigar lo bien,
A l'ingrat, à l'impi-, et mêm- u plus parien.

RONDIN.

Qu'en dis-te, Parizet? Lo cueurâ t'a fat grâce.
Mais ti, de ton argent, te ne laissies pas trâce.
Pe prendre tous plaisirs; te n'ez pas indigent.
Pe norrir tous efants; te n'az jamais d'argent.
Fout ben que lous cueuraux, et que le bonnets nounes
Lous pâront de la fam, pendant que te capounes.
T'ez tojours le premier, ti, pe lous enseurtar,
Pe lous calomnier, et pe lous moutraitar.
Oué, si te-z-i poyaz, pe tos lous fâre pendre ;
U lieu que te devriaz, lo premier, lous défendre.

BRIDAINE.

N'iat beliau pas in seul, du pouros malhéroux,
Que n'ayont, du cueuraux, receu quôquos secours.
Pouros incredullots, cessaz votrets sottises.
Votrets accueusations ne sont que de bétises.
Franchiment, conveniez ; lous moinos, lous cueuraux
N'ont jamais fat de mâ, comat vo, radicaux.

Lous incredullots que vodriont être honnétos.

PLANEL.

Iat quôquos moderâs ; font semblant d'êtr- honnétos ;
Mais ne vo-z-y fiaz pas. Sont de gens malhonnétos,
Que charchiont à grugier lous pouros villageois,
Que sont que trot badauds, pe lour bailler lours voix.
Mais ne sont pas cuellous, que font mei de damâgeo,
Ne sont que lous blagours, lous dôteurs de villâgeo.

Lous politicots du cabaret.

RONDIN.

Cueu Quandô Moupatâ, qu'a la tête pellâ,
Que se creit ben savant, à l'entendre parlar.
Cueu Niéraud tot bossu, que fat si laida trôugne,
Que n'eit qu'in libertin, sens honto, sens vergougne.
Lo borru de Vigant, tot gonflâ, com-in bot,
Que ne vout pas doux liards, pas tant que mon sabot.
J'âmarins beliau mieux de veir in ours que danse,
Que cuel ébourrifâ, qu'a si monstrousa panse.
Lo grognon Perruchon, que trôve tot mâ fat.
N'iat jamais ren de bon, eccetâ ce qu'i fat.
Quand lous ins vont à drait-, i vat pe tient- à gauche.
Il eit solet instruit.

JACQUIN.

Tot comat ma galôche.

RONDIN.

Veyez, Jacque Millet, qu'on dirit bon efant,
Que n'ourit jamais mot, siait sot, siait offensant.
Ne vo-z-y trompaz pas ; n'eit qu'inat chieuta mina,
Qu'a la griffat crochüiat, quand i fat bonnat mina.
Veyez Léion lo teurc, que ne fat que jappar,
Contra tos lous passants qu'i porrit attrapar.
Ren ne lo fat quézier. I vo mord, vo déchirie.
De se cruïelles dents, héroux que se retirie.
Sont tos lous arrogants et lous fameux dôteurs,
Pe no ben governar. Vôé ! quintos radôteurs !...
Sont tos de radicaux de la plus forta têta.

RÉMY.

Pe gagnier la preison, à la premier- enquêta.
Com- arrive tojours ; ne sont pas lous pioupous
Que profitont ; jamais. Sont tojours lous menours.

Lous bons païsans s'encorageont à ben vôtar.

PLANEL.

Perquei donc lo nommar, lo revolutionnairo,
Qu'empoch-, u détriment du bon proprietairo ?
Iat trop long-temps que dur- ; i fout y bitar fin ;
Pe chôésir lous vrais bons, u secret secrutin.
N'en manque pas incour, u païs, de plus brâves,
Mougrâ, du cabalours, le perfides entrâves.
N'irons parlar u cleub... Lo premier effrontâ
Qu'ousarit empâchier, porrit être frottâ.

Lo cleub. Place Revolution.

TISSOT.

Qu'i sont donc insolents ! lour bârons la sereinga.

RONDIN.

Verrons qui de no doux se coperat la lenga.

Cabales, pe le-z-életions.

TISSOT.

Allons prendr- in café, chieux Phelipe Sachet,
U ben chieux Borjaillat. Allons tos, Verluchet?

VERLUCHET.

Je n'ai guéro lo temps... Fout sarvir la pratica.

TISSOT.

Allons ; per in moment, laissies donc ta botica.
No fout aveir raison de cuellous ambitioux.
No fout en veir la fin, lour sarrar lo licou.

VERLUCHET.

Sont de-z-ânos tétus. Sarat ben defficillo,
De lour tenir lo grôuin.

TISSOT.

Sont tos de-z-imbecillos.

Lous mouvais menicipaux.

RONDIN.

Dépeus cinq ans que n'ons cuellous menicipaux !...
Fout lous foutre defour. I-z-ont tos lous défauts.
Lo mair- eit in parien, et l'adjoint in ignarro ;
Brignollet uzurier, lo plus cruïel avarro.

Brugnot in ivrognet. Pachot eit in pouroux.
Picard bat sa fenat ; Thamasson sa serour.
Brulot in migie-tot, mêmo ce qu'eit pas sienno.
Charrot in chicanour que perd tot son dômaino.
Tot lo mondo-z-i dit... Je n'en répondo pas.
Mais fout en convenir : tos ont fat de faux pas.

Perquei le communets sont si mà conduites.

CONTAMIN.

Si niat si pou de bons et tant de malhonnétos ;
Eit prequ'i vôlont pas le gens lous plus honnétos.
Lo vouren craint tojours cueu qu'a de probità.
Ren ne li fat tant pour, que son honnétetà.

Comat fout reparar lo mà.

ROSSET.

Fout peurgier lo conseil de tot cueu brigandâgeo,
Qu'a tot boliversâ, dedins notrous villageos.
Quei ! pe lous remplacier, n'iourit ô personnat ?
N'en manque pas incour, dedins la communat,
Que sont instruits de tot, probos et sens reprôches,
Que ne bitont jamais bien d'outrui, dins lours pôches.
Pe no ben governar, i sont de surità.
Mais tos cuellous vourens n'ont que d'iniquità.

TISSOT.

Rosset, vo faraz ben, insolent, de vo taire.

U ben ne vo farons passar pe l'étrivière.
Vo nos inseurtaz tos.

RONDIN.

Tot tien n'eit que trot vrai.
Quand i ne dirit ren ; tot lo monde-z-i veit.
Tojours de veritâ mouvais sojet s'offense.
Cueu que ne la dit pas, n'eit pas lo moins qu'i pense.

LO COMMUNARD MONSIEUR DESHORTIES.

Gardez-vous, mes amis, de ces ventrus bourgeois,
Qui boivent vos sueurs, malheureux villageois.
Ne comprenez-vous pas qu'ils ruinent la commune ?
Gardez donc bien vos droits... Au travail la fortune.

RONDIN.

Barbotaz, Deshorties, comat notrous canards.
Vo ne gagnariz pas confienc- u communards.
N'ayons jamais étâ si pouros, misérâblos,
Que dépeus lo conseil tenu pe cuellous diâblos.

TRABUCHET REVENU DE SON TOR DE FRANCE.

Mes amis, j'ai tot vu ; de tot j'ai profité.
Je n'ai ren oblié. Je dis la verité.
U païs, jeusqu'ici, vos étes ben arrière !
I fout ben voyager, pe faire sa carrière !
Vo ne comprenez ren de l'administration,
Ni du gouvernement, ni de la religion.
Il faut voir, à Paris, comme vont les affaires !
On se fout des curés ; on se moque des maires.

RONDIN, TOT BAS.

Fredinand Trabuchet, de Paris revenu,
Creit aveir tot appreis, eccetâ l'inconnu.

Leu solet porrit ben governar lous villageos !
Com- i parle français !... Quinto savant lengâgeo !...
Vôé ! qu'il eit fanfaron, cueu petit fotriquet,
Pâlo com- inat pâte, et set com- in briquet !
Tot sou biau parôli n'eit que sott- arroganci.
Pe dedins son jargon, on veit son ignorenci.

TRABUCHET.

Votre aveugle rotin- arréte le progrès.
Il faut donc en sortir, per aveir de succès.
Faut chassier le curé ; faut surveiller le maire,
Chengier tot lo conseil.

RONDIN, TOT BAS.

Et mêmo votron père ;
Pe bitar Fredinand, son cosin Miraillat,
Et lous cabarétiers Verluchet, Borjaillat,
Qu'ont incour moins que mi de bon sens, ni de scienci ;
Qu'ont beliau meritâ, du jugeot, la sentenci.

ROSSET.

Quésies-te donc, Rondin ; prends gard- à la preison.

RONDIN.

J'i savo ben que trot ; mais pe bonnat raison...
Je me mordo la leng- et n'ouso pas tot dire
Ce que j'ai dins lo cœur... Com- on pot, on s'en tirie.
Foudrit me retenir. Trot parlar sovent cot,
Comat de se gratar, quand vo démigie trot.
Mais tojours laissier fâr-, et gardar la patienci ;
On se fot dins lo pôuis ; on fat trot penitenci.

La furiousa crainta du borgeois.

TISSOT.

Tant que vo nommariz de borgeois, u conseil,
Vo perdriz votrous dreits, votrat place u soleil.
Ne veyez vo donc pas, que lo rich- accapâre !
Pe vo fâre suffrir ; de tot i s'en empâre.

ROSSET.

Quei donc pouro bavard ! T'ô vo que preniez soin
Du pouros affligiats, dins lours pressants besoins ?
Eit vo qu'accaparaz, si se pot, dins la pôche.
Incour n'iat jamais prot, pe fâre la bambôche.

Le-z-életions du menicipaux.

BARTHELEMY.

I nommaront, dimench-, u secret secrutin,
Tos lous menicipaux. Veikiat lo beulletin.
Barthelemy, Charvet, Picot, Baudet, Cocâgne.

RONDIN.

Lo mounier.

LO BEULLETIN.

Parizet.

RONDIN.

Lo cordannier.

LO BEULLETIN.

Laplâgne.

RONDIN.

Cueu grous barbu.

LO BEULLETIN.

Patrat.

RONDIN.

Cueu freluchet.

LO BEULLETIN.

Frandrin.

LO BEULLETIN.

Jean Chavot.

RONDIN.

L'amôéroux.

LO BEULLETIN.

Lo brigadier Peyrin.

Et Phelippe Collet.

RONDIN.

Cueu grous naz de carrôta,
Qu'a fat la comédi-, et dansier la marmôta.

Perquei le voto universel eit dangéroux.

COUTAMIN.

Comat vat ô donc tien? Que lous menicipaux,
Eccetâ dous ou treis, sont de pouros badauds,

Que n'ont, tot comat mi, pas brin de connaissanci,
Incour moins de bon sens, et point d'espérienci.
T'ô que lous aveuglots, u lours borgnos, sont rois?

ROSSET.

Que voliez-vo, portant! Sont cueux que font le lois,
Qu'ont mei de tort. Pertot, eit ben la même chousa.
Foudrit tot reformar, d'inat man corageousa.

Lous communards.

MONSIEUR DESHORTIES.

De quoi se mêle-t-il, ce manant, ce plôtru,
Pauvre déguenillé! Ce bavard malôtru,
Qui ne sait distinguer sa droite, de sa gauche.

CONTAMIN.

Vo-z-ez raison, monsieur; ne seus qu'ina galôche.
Votrous menicipaux sont plus béties que mi,
Eccetâ Jean Chavot, Picot, Barthelemy.
Lous outros sont tarâs, n'ont ren que de métruse.
Tot lo mondo-z-i dit.

MONSIEUR DESHORTIES.

Tais-toi donc, grosse buse.
Ces conseillers sont tous les plus honnêtes gens.

RONDIN, TOT BAS.

I sont tos de fripons, d'ivrognets, de méchents.

Lous rogeots députàs.

BARTHELEMY.

Eit tot broillat, pertot. Oué ; dins totat la France ;
Lous rogeots députâs ont perdeu la confiance.

RÉMY.

Lo quatorze de mai, plâce Revolution,
I vont vôtar incour, pe souvar la nation.

ROSSET.

Allons donc tos u cleub, défendre la patrie.
Eit ben plus important, qu'u conseil de mairie.

BARTHELEMY.

Quei-t-ô donc cueu grand breut qu'i font per ikelei?
T'ô la revolution, u la guerr- ? Allons veir.

RÉMY.

Notrons menicipaux, et lo gard-, et lo maire,
Sens contar lous curioux, lous blagours, pe darriére,
Se dressont fiérament, pe lire lous papiers.
On dirit de savants, u quôquos vieux tropier
Que n'ont pas veu lo fiot, mais que faront marveille.
Ecotaz donc, silenc..... Ecotaz le novelles.

La place Revolution.

LO MAIRE JOUSSERAND.

Citoyens, à demain, le vote universel.
Le peuple est souverain, c'est le jour du réveil.
Nous sommes délivrés des fers de barbarie.
Nous ne souffrirons plus le joug de tyrannie.
Nous avons renversé les rois, les empereurs,
Et de la France, enfin, nous sommes les sauveurs.
Vive la liberté, la paix, la République !

RONDIN, TOT BAS.

Vôé ! cuellous pouros fous se creyont sens replique !

LO MAIRE JOUSSERAND.

Et le bonheur du peuple, et la fraternité,
Avec l'égalité, vive la liberté.
Vous allez tous voter, pour gouverner la France,
Les meilleurs députés. Amis, ayez confiance,
Et de vos vrais amis, voilà le bulletin.

RONDIN, TOT BAS.

I niennat ben plus d'in, que sont de vrais coquins.

ROSSET, TOT BAS.

Oué, oué ; nien a plus d'in que ne sont que fotraille ;
Qu'ont gotta la preison.

PLANEL, TOT BAS.

Sont ben de vrais canailles.

Lo beulletin rogeot.

Barthelon, Janicot, Peyrin et Bathazar,
Chalumel, Barrabet.

Rondin, tot bas.

Vôéla ! quinto bazar !...

Lo beulletin rogeot.

Brochier et Lancelot, Jacquelin, Tournemine.

Rondin, tot bas.

Cueu qu'a si moutraitâ la poura Jacqueline.
Cueu gueu de brizie-tot qu'a migiat tot son bien.
Cueu fou de bigamou, que n'a fat que parien.
No, no ; ne vôlons plus suffrir la tyrannie
Du rogeots députâs. No ; plus de forbarie.

Contamin.

Nò, no ; ne vôlons plus de cuellous ravagiers,
Qu'écrasariont d'impots le vignets, lous vergiers.
I vôlont no flattar. I sont pas gens de creire.
J'âmo mieux vo parlar tot franc et tot sincère.

Barthelemy.

Mi ne conneussio pas cuellets gens qu'i diziont
Si sâgeos, si savants.

Planel.

Pe no fâr- illusion.

Lous biaux discours ne sont pas la marqua du bon sens.

ROSSET.

I font de biaux discours ; mais per itien, copâre,
Foudrit ô lour confiar, sens crainta, lous affâres ?
Jo crennos ben qu'i siant de bougres d'ambitioux !
Que no sayons trompâs ! Qu'i migiont notrous sous !
Et l'on vodrit, quant ben, que no vôtions per ellos !...
No ; n'eit pas possublot ; mougrâ lour furioux zélo.
Sayet qu'i parliont ben. N'eit pas tot de parlar.
Dedins le braves gens, i sont pas enrôlâs.
J'âmo mieux, du païs, nommar lous plus honnétos,
Que n'ont jamais mâ fat ; que payont ben lours dettos.
Vo lous calomniez, pe mieux lous écartar.
Mi je vôlo, quant ben, per leus, tojours vôtar.

CONTAMIN.

Ho ! que me fat plaisir !... La jeusta preferenci
Eit du bons païsans la veritabla scienci.
Quei ! dépeus si long-temps qu'i mandont à Paris,
Tos cuellous radicaux ruinâs u mal appris ;
I ne font qu'aggravar du païs la misère ;
U lieu de no souvar, no vendont à la feire.
Vo ne diziz pas no ; mous amis, lous impôts,
Tojours montont plus hiaut, mougrâ tos lours argò.

Prefides calomnies contra lous royalistes.

MONSIEUR GREGOÉRE.

Quel est cet insolent, qui veut faire le sâge !...
Croyez-moi, mes amis, croyez-moi ; son langage

Trahit sa politique. On veut nous enchainer,
Dans les fers des tyrans ; on veut nous entrainer.
Défiez-vous-en donc. Vous n'êtes plus esclâves.
Non ; nous sommes Français, toujours libres et brâves.
A bas tous ces ventrus, ces brigands, ces gredins
Abreuvés de vos sueurs. Nous leur mettrons le frein.
Ils veulent rétablir la corvé- et la dîme.
De leurs fureurs encor, vous seriez les victimes.
Les nobles, les curés sont d'habiles voleurs,
Qui veulent vous ravir et la gloir- et l'honneur.
A bas donc les filous !

RÉMY.

Vôéla ! quinto grimòére,
I vint no débitar, icueu fameux Gregôére !
L'eit pire que la foudr- ! Holà ! quinto jargon !
On dirit la chaudeir- emportant lo forgon.
Hérousament que n'ons lo bon sens en partageo.
No laissions pas bernar pe cueu bétie lengâgeo.
I n'en creit pas in mot ; i ne sat que mentir ;
I se môque de nos.

RONDIN.

Oué ; pe se dévertir,
I dirit, sens bronchier, que pe fàre fortuna,
Lous richots fout piller, comat Raynaud la luna.
Quant à cuellous tyrans de le-z-inquisitions,
N'eit bon que pe lous sots, le-z-émaginations,
Que crennont lous sorciers, u creïont à lous révos.
Tot tien ne pot trompar que lous yeux que sont crévos.
La corvâ !... La dymat !... Vôélà qui sont badauds !
Beiti- à migier de fen, que creit lous radicaux.

CONTAMIN.

Quézies-t-enfin, Rondin. T'az la lenga trop forta.
Pe lour rivar lous clous, t'y vas pas de man morta.
I fout ben lour parlar, mais sens tant se fâchier ;
Ni sens lous inseurtar, ni sens lous careissier.

ROSSET.

Iourit trot à diret !... Du méchents le maneuvres
Ne destruiront jamais le marveillouses œuvres
De notrous bons monsieurs, que sont d'honnétes gens,
Que, pe lous malhéroux, n'épargnont pas l'argent,
Mémo, pe lous méchents, pe cueu gueu de Pancrâce,
Que crïont lo plus fort : U pouros la besâce.

––––––––

Monstrouses injeusticets contre lous monsieurs.

BRIDAINE.

Que pot on reprochier, à tant de bons cueuraux,
Que secouront pertot le villets, lous ruraux ?
Que ne dirions-jeo pas de le damets aimâbles,
Que consumont leur viat, per être charitâbles !
Quei-t-ô que lour inspir- inat tella bontâ ?
Eit de la religion l'ardenta pietà.
Siait pe lo vétament, siait pe la norritura ;
I ne meipreisont pas la moindra criatura.
I se lassiont jamais, envers lous malhéroux.
Lous pouros affligiats, i lous secouront tous.
Peus, per recompensar lour vertu, lour tendressa,
Lous barbaros bandits, l'insolenta jôénessa,

Pe s'en débarrassier, le vodriont déchirier ;
S'i ne crenniont incour de se veir châtier.
Lour bontâ n'a gagniat que lour ingratituda,
Qu'eit de lours cœurs pervers la monstrous- habituda.

Nécessitâ de differencier le conditions.

PLANEL.

Dins la societâ, n'iat plus de conditions.
On ne pot seupportar, ni rengs, ni distintions.
Cependant porrit-on, d'in bôuisson, fâr- in châno ?
Pot-on bittar lo pied, pe remplacier lo crâno ?
Su la terre, pertot, et dins lo firmament,
Chaque chous- a son reng. Quei ! lo discernament
Du petits et du grous, t'ò pas ben nécessairo ?
Peusque, dins tot, pertot, eit tojours l'ordinairo.
No ; n'eit pas possublat, la foll- égalitâ.
Fout donc, bon grà, mougrâ, de gens de qualitâ.
Lous pouros, lous petits, personnat ne mépreise.
Tot eit bon, eccetâ lous vicios de pereise.

CONTAMIN.

Lous plus mouvais richots sont ben lous parvenus,
Lous plus avaricioux de lours grous revenus.
Lour fiertâ fat pitié. Si lo pouro l'apprôche,
I li baill-, à regret, quôquos sous de sa pôche.
Lous nôblos, u contrair-, u lous anciens borgeois,
Sont vraiment generoux, et font meillour emploi,
De minces fortunets qu'ont laissiat lours grands-pères,
Pe vivre sòbrament, solagier le misères.

6

Qui-t-ò qu'aït fondâ notrous biaux houpitaux ?
Lous nôblos, lous cueuraux ont fat cuellous cadeaux.
Mougrâ tos lous bureaux qu'i diont de bienfazanci,
Iat ben mei d'indigents, sens pan et sens pidanci.

RÉMY.

Veit on pas aumentar, tos lous jours, lous impôts ?
Menacier lous richots, de quòquos mouvais cops ?
Tant de mouvais sojets que pretendont se plaindre,
Foudrit ben, ina feis, à raison lous contraindre.

Menaces du revolutionnairos.

GRÉGOIRE.

Quel est cet insolent ; ce brigand aristò ?

JACQUIN.

Cachiez-vo, mon Rémy ; gara, gar- à l'atot !

JOUSET RÉMY.

I s'en gardarit ben de lo tochier, mon frère !...
Per in sofflet, veyez... i recevrit la paire.

PLANEL.

Amis, ne soms per vos. De Gregôére ons-ne pour ?
Gregôér-, aissayez donc ! Vo n'étes qu'in blagour.
Tot votron paroli n'eit qu'inat tromparie.
No reconneussions ben la charlatanerie.

CONTAMIN.

Oué ; n'ons du bons richots, tojours solagiment.
U si niat quôquos ins, que font de manquaments,
Lous outros sont tojours notrat seula ressourça.
Jamais i n'ont sarrâ, ni lours cœurs, ni lour boursa.
Sont ben lous parvenus, qu'ont la boursa sarrâ.
Lo bien d'outrui, sovent i-z-ont accaparrâ.
Vos en veyez plus d'in que n'ont fat lour fortuna,
Qu'en trompant lous ovriers, gaspillant la communa.
I-z-ont biau no prechier la generousitâ,
Lous dreits du malhéroux et la fraternitâ.
Eit lo richot ancien, benfateur veritablo,
Tojours prest- à bailler, u pouros miserablos.

L'égalitâ n'eit qu'inat folie.

BRIDAINE.

Quant à l'égalitâ, dont on fat tant de breut,
N'eit qu'in mouvais bôuisson que n'a que mouvais freuts.
Lo richot d'eujord'heu, deman se trôve poure.
Lo pouro, que sat ben se garandar se-z-oures,
Se trovarat richot. Tot itientie se fat,
Comat Dieu lo premeit. Ce qu'i fat eit ben fat.
N'iat que la religion qu'égalisie lous hômes ;
Sayet lous prodigots, sayet lous éconômes.
U le ciel, u l'enfer ; chacuin ourat son sort,
Com- il l'a meritâ; jeust- u jour de sa mort.
De lous incredullots le béties raillaries,
Sont ben du bavardours la plus granda folie.

De cuellat verità, vos ez bieau vo moquar !...
Sens jeusticet divin-, on ne pot espliquar
Le-z-inégalitàs de la viat passagère.
Hérous! pouros d'esprit, mougrà votrat misère.
Vo sariz consolâs, de votron tristo sort ;
Vos ouriz du bon Dieu lous éternels tresors.

TISSOT.

Pouro grous Jean Bridain- ! Ha ! te creis donc lo nòblo,
Que te baill- à migier, pe mieux joïer son rôlo !
Te veis pas selament tot lo long de ton naz.
Sont ô pas lous richots, que vodriont no menar ?
Quei ! te vous sotenir lo grous propriétaire,
Que no farit perir, s'i pot, dins la misère.
Vâs, vâs ! pouro crétin ; j'y veïos ; t'ez vendu.
Comat lous aristòs, te sarez ben pendu.

Lous hypocritos moderàs.

MONSIEUR KIRCH.

Non, non , l'ami Tissot ; non, non ; pas de potence.
Nous triompherons bien, sans bourreaux, ni violence.
Il nous suffit d'avoir un bon gouvernement,
Qui conduise la barque ; et tout légalement,
Nous ferons le bonheur, la gloire de la France.
Oui ; par de bonnes lois, renaîtra la confiance.

BRIDAINE.

Vôé ! qui sont aveuglâs, tos cuellous moderâs
Que font lous doceraux, pe mieux nos égarar.
Niat beliau quòquos ins que vodriont prot ben fàre.
J'i creïos ; mais l'errour gàte totat l'affàre.

Si totets cuellets gens ne sont pas de coquins ;
Tos lous mouvais sojets sont ben repeublicains.
S'i-z-étiont lous plus forts, i vodriont tot destruire,
Et su tot l'univers, établir lour empire.
Ha ! n'oblions donc pas, que cuellous communards,
A Paris, à Lyon, et pertot d'outres parts,
Fariont tot fricassier, su la plâce peublica,
Fariont tot égorgier, u nom de repeublica.

CONTAMIN.

I convenniont du torts.

BRIDAINE.

Foudrit donc lous peunir ;
Contra la jeusticet, ne pas lous sotenir.
Ne s'érit jamais veu de semblâbles canailles.

MONSIEUR DESJARDINS.

Ha ! s'ils se signalaient au moins dans les batailles !
Ces brigands communards, courageux enflammés,
Contre des citoyens innocents, désarmés !

Lous communards ont perdeu la repeublica.

CONTAMIN.

Oué, monsieur ; n'i savons ; i-z-ont tuïâ lous ôtâgeos,
Qu'étiont de brâves gens, lous meillours, lous plus sâgeos.
Grand Dieu, presarvaz no de cuellous communards,
De cuellous moderâs, que sont tos de bavards.
Oué ; dépeus si longtemps qu'i vôlont no conduire ;
I ne font que blagar, gâtar et tot destruire.

Oué ; dépeus que nos ons lous rogeots députàs,
Vâ de fievr- en chaud- mâ ; si vo lous écotaz.

ROSSET.

No, no ; ne vôlons plus, pe governar la France,
Lous rogeots, qu'ont perdeu totat notrat confiance.
Quei poyons-j- esperar de tos lours bieaux discours ?
I nos ont tot promeis ; i no trompont tojours.
Ne vôlons plus nommar que de gens raisonnâblos,
Que, sens tant bavardar, saront ben plus capâblos.
Iourat tot à gagnier, d'aveir de governours,
Que saront sageos, francs, pe bitar lous blagours
Enfin à la raison.

La bràv- armée souverat la France.

BRIDAINE.

Saye dit sens rancuna.
A Paris, à Lyon, lous fous de la Communa,
N'ont fat que tot broiller et tormentar le gens,
Le piller, le ruinar, per aveir de l'argent.
I sotennont lous dreits, diziont ô, de lo peuplo.
Vôélà ! qui sont menteurs ! Que lo peupl- eit aveuglo !
De tot temps, et pertot, i sont ben malhéroux,
Cuellous que lous creïont ! I sont de pouros fous.
S'i-z-ayont lo dessus, le campagnets, le villes
Sariont sacrifiats, pe le guerres civiles.

RÉMY.

Hérousamant que n'ons, pe la presarvation,
De bràvos generaux, pe bitar la raison.

Quôquos ins pretendont, pe souvar la patrie,
Que fout laissier lous loups, dedins la bergerie,
Et lous ben careissier, pe ben lous apaizier.
Vout mieux lous attachier, pe lous fâre quézier.
Ne vôlons pas lous tuïar. Lous empâchier de mordre.
Fout ben lous meuzelar, pe souvar lo bon ordre.

PLANEL.

I fout ben l'esperar. Macmon, hérousament,
Eit in bon generat, pe lo commandament ;
Pa reduire à raison lous fouteurs de dësordre.
Iat ô ren de plus biau, que la paix, lo bon ordre!
Pe tot dir-, en in mot, Macmon se fat hounneur,
D'étre lo chivalier, sens reprôch- et sens peur.

Défience contra lous radicaux hypocritos.

CONTAMIN.

Ne s'érit jamais veu de si grandes misères,
Pendant lous anciens temps, qu'en cueu temps de lumères.
Eit vrai ; pe fâr- in mond-, i fout in pou de tot.
Tienti- a tojours étâ, bon grâ, mougrâ, pertot.
I-z-ouriont bieau voleir no chengier de chamises,
No norrir de pan blanc ; i ne font que sottises.
Tos cuellous liberaux, avant d'aveir trovâ
Lo secret de garir, no fariont tos crevar,
Pe le revolutions, pe la fam, pe le guerres.
N'ourions plus personnat, pe cueurtivar le terres.

BARTHELEMY.

Mais je vodrins saveir prequei tot vat si mâ.
Si dure com i tien, sarat tot abymâ.

Totets le communets sont à la boliversa.
Plus de tranquillitâ ; tot eit à la renversa.
Dépeus qui-z-ont chassiat totets le brâves gens ;
N'iat plus, dins lous conseils, que lous plus ignorents.
Mi, n'en sâvo pas mei ; mais vos ouriz bieau dire ;
J'amarins mieux, tojours, lous sâgeos, pe conduire.
Lous sâgeos sont pertot, eit vrai lous moins nombroux ;
Veikiat prequei ne soms tojours si malhéroux.
I sont vingt, contra doux que baillont lous bons vôtes.
Eit per itien qu'i font tant de chouses si sôttes.

Fout refâre le lois de le-z-életions.

ROSSET.

Foudrit pover outar lo secret secreutin,
U-z-étrangiers vagours, u fripons, u coquins.
A cuellous que fat ô de nommar lours semblâblos ?
Que cousont u païs, de mous incarculablos.
Dins le revolutions, i creïont s'enrichir.
N'iat que trot de mâ fat ; no fout ben refléchir.

BRIDAINE.

Foudrit oussi poveir bailler ben plus de vôtes,
A cuellous qu'ont gagniat tojours de bonnets nôtes,
Pe lour espérienc, u bonnets qualitâs,
Que sont interessiats, à la paix, l'équitâ.
Deit ô le sarviteur être outant que lo maître ?
L'ovrier que lo patron ? Quei ! lo garde champêtre,
Porrit pesar outant, dins lo governament,
Que cuellous que faziont le lois, u Parlament ?

Lous efants devont ô vôtar, comat lours pères ?
T'ô jeusto, tien, ben fat ? Personnat n'i pot creire.

TISSOT, PE DARRIÈRE.

De dir- eit ben aiziat ! Mais eit ô possublot ?
Outar lo secrutin, sarit ben tarriblot !
Tot Français eit sovrain, pretend donnar son vôte.
Gara, gar- u tyran que notrous dreits nos ôte.

Lo peuplo sovrain n'eit qu'inat bétise.

BARTHELEMY.

Que vout ô dir- itien : Tot Français eit sovrain ?....
Sarit ô que n'irions, en carrosse, grand train ?
Ho ! que sarit héroux de poveir no conduire !
Sens tant de governours, sens travailler pe vivre.
Du dépeus qu'i diziont : n'ourons la libertà.
Oué ; no sarons héroux, dins la prospérità.
Ne soms tojours trompâs, pe le belles promesses,
Pe lours fotus jargons, lours prefides caresses.
Plus ne vons, plus vat mâ. Le tailles, lous impots
Migiont tot ce que n'ons. Ne sarons plus chieux nos.

RONDIN.

Fout convenir, portant !... Notrets fenets sont belles.
Sont totets de damets, u ben de damaiselles.

CONTAMIN.

Mais tot itien, que brill-, ha ! n'eit pas tojours d'or.
Iat pou de gens contents ; ben plus de tristos sorts.

Lous moderàs hypocritos.

MONSIEUR KIRCH.

Vous exagérez tout. Nous avons mieux à faire,
Sans léser aucun droit, pour mener les affaires.
Mon cousin Kirch saura tout bien concilier.
Il prendra les conseils de Cachemir Chirier,
Excellent patriote. Ils méritent confiance.
Ils sont hommes d'Etat, pleins d'esprit et de science.

BARTHELEMY.

Sont ô de radicaux ?... Sont ô consarvateurs ?...

MONSIEUR KIRCH.

Je ne vous dirai pas... Ils sont les seuls sauveurs.

BARTHELEMY.

In pou broillons, beliau.

MONSIEUR KIRCH.

Au contraire. Ils sont probes.

RONDIN.

L'argent eit ben placiat, dedins lous garderòbes.
No ne soms pas si fins que Kirch et sous amis ;
Mais ne veyons tot clair, qui sont de-z-ennemis.

CONTAMIN.

Quand j'achét• in chivat, je vôlo ben lo veira.
Devons-jeo lo marchand, su sa parola creira ?

Je vôlo sagiment lous impôts acquitar ;
Mais no, pe qui que siait, me laissier débrotar.
Grandbétar, Chalumel, Barrabet, u Macairo,
Je ne lous vôlo pas, sens veir lour inventairo.
Qu'ont ô fat, jeusqu'en cueu, que vaille la penat,
De lour bailler, quant ben, in bon çartificat ?
Lo petit fotriquet u radicaux se renge.
I ne lo vôlont plus. Je veïos qu'i se venge.

MONSIEUR KIRCH.

Tais-toi donc, insolent, gros butor ignorant.
Il n'est personne, en France, aussi bien méritant.

***

Lous moderâs ne porriont tenir l'ordre.

CONTAMIN.

Saye, qu'i voliont ben rebitar in pou d'ordre.
Tojours lour oupinion ne bite que désordre.
Chacuin se creit prot fort, per être president.
Pe lous bitar d'accord, arriv- in plus ardent,
Pe sa repeublicat. Eit per tien qu'i sospire.
Quôquos ins, mêm- incour, vodriont révar l'empire.
Semble-t-ô pas vraiment la maison derochiat ?
Cuellous que l'ont trat bas, se sont ô reprochiat
De s'ètre revortâs ? Lour infernâla ràge
Vodrit tot démolir. Vôélà ! quinto ravâge !...
Dépeus bentout cent ans qu'i vôlont rebâtir,
Lour bâtiment dérôch- et ne pot abotir.
No ; ren de solidot, n'i veyons, radicaille
Ne pot édefiar ; ren de bon, ren que ne vaille.

Lous royalistes constetitionnaux.

ROSSET.

Lous constetitionnaux, gens de mouvaise foi,
Vodriont, pe governar, in fantôme de roi,
Qu'i pôuissiont déposar, tot comat lour chamisa;
Pe governar lo peupl- et le lois, à lour guisa.
Qu'a-t-ô gagniat lo peupl-, à cuellets intriguets?
I ne fat qu'en pâtir. Oué, totets le liguets
Du-z-ambitioux, ne font que cousar de querelles,
Aggravar lous impots; de haines éternelles,
Empouisannar le gens. Foudrit, pe governar,
Lo bon roi d'outres feis; ne plus lo détronar.

GRÉGOIRE.

Un roi tyran, brigand, exploitant des esclaves!...
Non, non; jamais Français, jamais peuple de braves,
N'abaissera son front, sous un joug si honteux.
Nous briserions encor ce trône désastreux.
A bas, à bas les rois, à bas les royalistes!
A bas surtout les blancs, ou les henriquinquistes!

RONDIN.

Vôéla! quinta furour!... On creirit tot perdu!...
Tant pis pe lous pouroux, qu'ont pour d'être pendus.
Tant de bons païsans, de bons ovriers de villa
Se sont ben détrompâs!... Et la guerra civila,
I souriont arrétar. Cuellous estravagants
Font prot de breut... Mais gar- u bougres d'intrigants!
Ne lous baillonnerons, per empâchier de mordre,
Cuellous chins enragiats. Oué, n'y bettrons bon ordre.

ROSSET.

In roi tyran sarit moins à craindre que cent
De cuellous radicaux. I sarit tot puissant.
I farit moins de mâ que Marat, Robespierre,
Qu'ont tot ensanglantâ. Lo tambour de Santerre,
Qu'a baillat lo signal de le guillotinets
Qu'ont versâ tant de sang, de tant de famillets,
Sarit moins dangeroux, pe notrat poura France,
Que tant de bavardours, que trompont sa confiance.

VERLUCHET.

Qui-t-ô cueu radotour? U diablo lous tyrans.
U diablo lous ventrus et tos lous intrigants.
U diablo Dorlians et lous henriquinquistes.

RONDIN.

Quintos divergondours, que cuellous grandbétistes !
I mettriont tot en fiot, comat de fous furioux.
I sont ben enragiats ! Sont pires que de loups !
I porriont ben payer in pou trop chier lour blâga.
N'iat pas d'outro remèd- ; i leur fout la chelâga.
Fout lous bitar en cage- et tirier lo verroux.
Lous tigres enchainâs sont tojours ben pouroux.

BRISSOT.

Nous ne fléchirons pas ; nous bravons vos intrigues.
Le pays tout entier, contre vos rois, se ligue.
Non, non ; ne craignons rien ; non, non ; républicains,
Nous ne céderons pas un pouce de terrain.
Vive la République et l'honneur de la France !
A travers les canons, nous irons à l'outrance.

BARTHELEMY.

Quei-t-ô que cueu païs? Notrous pouros soudars
N'en pôyont plus de fam. I n'ont point de solards.
T'ô Sédan, u ben Metz? La Lourrain-, u l'Alzace?
Comat ô donc que vat? Comat ô que se pâsse?
Sarit ô possublot? Sarions-no donc trahis,
Pe tos lous generaux, pe l'emperur oussi?

Accueusation de trahison.

GRÉGOIRE.

Oui ; nous sommes trahis. Ils sont tous des canailles,
Qui reculent toujours, dans toutes les batailles.
Quoi! devant des Prussiens, votre empereur a peur!
Il livre son épée! O Dieu, quel deshonneur!...
Vous espérez encor le mettre sur le trône.
Nous foutrions bas encor, briserions sa colonne.

BARTHELEMY.

Quei donc ! notrous soudars sâvont plus se sarvir
De la baïonnetat qu'a si bon sovenir?
Guerdins de generaux, qu'abandònnont lours armes !
Foudrit tos lous crimar, dins lo fiot, dins le flammes.

In bon soudar venge lous generaux.

LO BRIGADIER REVERDY.

Quésies-te, Barthelon ; te faz Michaud l'hardi.
Az-te veu, comat mi, lo vieux Galibardi?

I faziet lo leuron, pe conduire la troupe.
Tot son breut, qu'a-t-ô fat, p'empachièr la déroute?
Il a gâtâ l'affâr-, u lieu de l'arrengier.
Su Biaufort, i deviet tojours fâr- avencier,
Per aidar Borbaki, et copar lo darrière,
U bougros de Pruchins, qu'étiont ben en errière.
U lieu d'itien, qu'a fat la chamise rogiat?
A la rusat pruchienn-, i n'a jamais songiat.
Pe restar à Dijon, i lours livre passâgeo.
Ouzerit-on diret qui n'en pot daventâgeo?
Vôé! quand vos accueuzaz de lâchi trahison,
Notrous bons generaux, lous Pruchins ont raison
De vo traitar de fous. Car i rendont hommâgeo
A notrous generaux, à lour vaillant corâgeo.

RÉMY.

J'entend- in grand flandrin, que lit dins son jornâ,
Comat quei lo soleil parait dins la lunat.
Si ne diziet qu'itien, sarit beliau de scienci;
Mais i parle de tot. Si vo preniez patienci,
I vo dirat comat lous brigands generaux
Se sont tos conseurtâs, mêm- avé lous cueuraux,
Pe livrer u Pruchins la malhérousa France;
U lieu de batailler, pe gagnier, à l'outrance.

PLANEL.

Pe quant à l'empereur, no ne poyons jugier.
Per en parlar ben jeust-, i fodrit ben charchier
De la politicat lous secrets, lous mystères.
Fout donc attendr- incour. N'i sourons de l'histôére.
I diont ben qu'i cregniet lous prefidos complots
De cuellous francs-maçons, pétrolours radicaux,
Que conspiraraviont, pe lo foutre pe terra.
Que, pe lous empâchier, i preferit la guerra;

Preferant mieuz corir lous hasards du combats,
Que de se veir percier du poignard scelerat.
I diont même qu'iat de certaines histôéres ;...
Que dins lo menistèr-, on trovit de mémôéres
Que font veir l'empereur, de Bismark la dupâ,
Et que, pe lo Pruchin, i s'eit laissiat trompar.
Tot tienti eit ô ben vrai? Je n'ouso pas i dire,
Incour moins l'asseurar ; mais on ouze l'écrire.
Mais je seus indignat, que notrous generaux
Sayont si moutraitâs, pe cuellous radicaux.
No ; n'eit pas possublot qu'i trahissiont la France,
Cueux qu'ont si ben gagniat totat notrat confiance,
A Malakoff d'abord, peus à Solphérinô,
A Magentâ, Pavi- et mêm- Messicô.
I-z-ont ben bataillat. I diont ben que Bazaina
N'eit qu'in traitr- ambitioux ; mais tot itien, per haina.
Attendons Jeusticet ! Mais tot tienti eit parien.
Cueu qu'eit trahi, (plus seur), eit Massimilien.

Lous communards sont lous veritablos traitres.

REVERDY.

Que tos lous grandbétards, communards ézécrâblos,
Parliont de trahison ! Vraiment eit increïâblo.
I no criont : corage ; en avant, bataillons.
Et peus, dins lous combats, i sont lous plus coïons :
Que, pe souvar lour pex, se cachiont pe darrière,
Et ramassont lous sous, pendant que la choumière
Eit totat saccagiat, le famillets ruinâs.
Ha ! devant lo dangier, i sâvont ben fôuinar !...
Ho ! fameux radicaux, que vo faites marveille !
De notrous pouros sous, la gorg- à la boteille !

Mais veikiat Verluchet qu'apreste son sarmon.
Com-i se dressie ben !... Ben plus fier que Macmon.

VERLUCHET.

Jousserand eit conneu, per in bon patriôte.
Pe la raison, tojours il a baillat son vôte.
I parle sagiment et sens tergiversar ;
Su la poleticat, ne dit ren per hasard.
Parlaz li de le lois, du-z-impots, de la guerra,
Du jugeots, du cueuraux, du ciel et de la terra.
Il a tojours son mot ; i sat tot esplicar,
Siait pe lo president, siait pe repeublicat ;
I vo répond â tot. Pe vo rendre sarvicio.....

RONDIN.

I ne vo farit pas d'in sou lo sacrificio.
Beliau ben, quôques feis, i porrit vo grippar.
Tant pis pe lo badaud, que se laissi- attrapar.

VERLUCHET.

Eit vrai ; mais à part tien, il entend le-z-aflâres.

RONDIN.

Le siennes, avant tot. Sont le mieux qu'i sat fâre.

VERLUCHET.

Si quôquo grous ventru s'avizie de parlar ;
I li clot la bochi, l'oublig- à s'en allar.
I n'eit pas plus que fout, ben pôli, ben affâblo ;
Fout ben en convenir, pas tojours ben aimâblo.
Sarit à desirar qu'i fissie in pou plus doux.

RONDIN.

N'eit que pe se fenets, qu'il eit tojours gracioux.

VERLUCHET.

Ne l'ézaminons pas, su lous points de morâle ;
S'il eit religioux...

RONDIN.

S'i dònne d'escandâles.
Iourit trot à diret, dins cuellat querellat.
I diont qu'il a perdeu Suzon Garipellat.
Tien t'ô vrai ? T'ô pas vrai ? Qui porrit ô-z-i dire ?

VERLUCHET.

Mais tot tientie n'eit ren ; u n'eit ren, que pe rire.

Grand zélo contra le mouvaises massimes.

BRIDAINE.

Pe rire !... Malhéroux !... Mais la societâ,
Totets le famillets saront bentout gâtâs.
Je ne pôés écotar de parillets sottises.
N'eit pas pe rir, itien ; d'innocentes bétises.
Je ne m'étonno pas. N'iat plus de religion.
Eit inat Babylon- ; eit inat contagion.
On a ben veu pertot, en tot'temps, d'escandâles ;
Mais jamais, outres feis, de parillets morâles.
Allaz vo donc cachier, grous sâlos polissons.
Votrous puyants propous, dins le sâles maisons,
Vo porriaz lous bavar. Mais de propous si sâlos,
No ne poyons entendr- ! Horriblots escandâlos !

PLANEL.

Veyez donc Jousserand, que fat tant lo pedant !
Chapet su l'ourillet, et la pip- à le dents !
Vo diriaz qu'i sat tot, la religion, l'histôére
Et la poleticat ! Tot eit dins sa mémôére.
N'iat que leu pe jugier, du bon governament,
Pe chôésir lous meillours, que vont u Parlament.
Si vo vo-z-avizaz d'allar lo contradire,
I vo-z-inseurterat. Vraiment, iat de quei rire.
Mais si vo l'écotaz, no sarons tos héroux.
N'ourons lo pan pe ren, et lo vin pe doux sous.
No battrons lous Pruchins, n'ourons la repeùblica.
Qui porrit tos comptar sous tresors de botica ?

CONTAMIN.

Vôéla ! notron païs eit tot boliversâ !
Eit tot perdeu, pertot ; lo char eit renversâ.
Lo maire devrit ben rebitar lo bon ordre.
Eit, u contrair-, leu que bite lo désordre.

Lous jôénos életeurs égarâs pe lous cabarets.

BARTHELEMY.

Je ne me plaindrins pas de mous quatre mainaux,
Si-z-oubeissiont mieux, pe fâre lous travaux.
Mais je ne sâvo plus que fâre, ni que dire,
Pe lous ben rencontrar, pe lo bon chamin suivre.
Je m'en sovento ben ; dins mon temps, lous garçons
N'étiont pas si legiers, insolents, polissons.

I-z-écotaviont mieux le liçons de lours pères,
Do tot ce qu'i poyont, solagiâvont lours mères.
Du bon chamin, qui-t-ô que lous a détornâs?
U qui-t-ô que porrit incour tous ramenar ?
Sarit la religion, dit l'apôtre Bridaine,
Leu que no rend sarvici-, en totets notrets peines,
Que no baille tojours lous plus sâgeos avis,
Que, dins tot ouccasion, d'ami nos a sarvi.
Ha ! qu'il eit dérengiat notrat poura jôénessa !
I n'écôte plus ren, ni crainta, ni caressa.
Veikiat que mous mainaux sont reçeus életeurs.
Voé ! qu'i-z-en sont donc fiers, et qui font lous dôteurs !
Je vôlo lour bailler la lista du bons vôtes.
I-z-ont déja reçeu la lista patriôte.
Mais de lours intentions, i n'ousont s'accueusar.
De la main de lour pèr-, i n'ousont refeusar.
Mon Pierre soriant, regardant sous treis frères,
Me fat ben seuspectar quôquos mouvais mystères.
Dedins lous cabarets, entendant leus propous
De lous repeublicains, sojets si dangéroux ;
Je n'en répondo pas. Saye pe tromparie,
Beliau respet humain, u camberaderie !...
J'en ai ben pour, vo dioz-j- ; i saront entrainâs.
Oué ; lous pouros montons se laissiaront menar.
Ne foudrit que lours voix, pe tot gâtar, destruire,
Dins cuellets életions, s'i vont mâ se conduire.

PIERRE BARTHELEMY, L'AINÉ.

Père, ne creirons plus lous radicaux, lous fous,
No ; ne bitarons plus charru- avant lous bous.
No, no ; plus de rogeots, pe gouvernar la France.
No chôésirons cuellous que meritont confiance.

Embarras pe chôésir lous bous députâs.

CONTAMIN.

T'az raison, Barthelon. Mais cuellets brâves gens !...
U lous chôésiront ô ?... Trot sovent lous parens
Sont lous plus avisâs. I vôtont à la coursa.

RONDIN.

Jamais pe lo païs ; mais tojours pe lour boursa.

CONTAMIN.

S'i trôvont, per hasard, lo bon chamin traciat ;
I-z-ont tant despeutâ, qui-z-ont tot étraciat.
Comat lous avocaux qu'ont de mouvaises couses,
I mélont, pe broiller, totets sortes de chouses.
Ne vodrit-ô pas mieux nommar le brâves gens,
Qu'ont moins de blag-, eit vrai, mais plus de sentiments ?
Que ne soms donc badauds, malhéroux de lous creire !
De no laissier menar, comat vâch- à la feire,
Pe cuellous radicaux, que nos ont tant trompâs.

RONDIN.

Que n'ont jamais ren fat, que l'argent attrapar.
Que font lous biaux monsieurs, de notrat poura boursa,
Migiont notrous través, notrat seula ressourça.

LO PÈRE BARTHELEMY.

Preniez garda, mainaux, de ne pas trebuchier,
Et de ne pas vôtar, pe cueu monsieur Brochier,
Qu'eit un blasphémateur, in hômo sens morâle,
Tint de mouvais propous et dònne d'escandâles.

I se creit ben savant ; i fat ben l'important.
I se mélo de tot ; mais n'eit qu'in intrigant ;
N'eit bon que pe blagar, et broiller lous ménàgeos ;
N'eit qu'inat pest-, enfin, dedins notrous villâgeos.
Compreniez donc enfin, qu'i vôlont vo trompar.
Preniez garda, mainaux, qu'i vos attrâpont pas.
Oué ; je l'espèr- incour ; vo souriz vo conduire.
Et pe lous communards, pa vo laissier seduire.

Fout craindre lous franc-maçons.

MONSIEUR DESJARDINS.

Je sais ;... les campagnards sont bien intentionnés ;
Mais par les radicaux, hélas ! trop subornés.
Que d'honnêtes ouvriers, peuplant toutes nos villes,
Ne voudraient que la paix ! Elever leurs familles
Dans la prospérité ! Mais, hélas ! quel malheur !
Ils se sont enrôlés, sans espoir, sans honneur,
Dans des sociétés qui perdent la patrie,
Arrêtent le travail et ruinent l'industrie.

Lous païsans reconneussiont la verità.

ROSSET.

Vo-z-ayez ben raison !... Eit ben la verità,
Monsieur ; lo campagnar, eit vrai, s'eit écartâ ;
Mais, suevant lo pechier, i fat la penitenci.
Lous rogeots députâs li font perdre patienci.

I ne lous creirat plus, enverrat promenar
Cuellous repeublicains, que vodriont tot menar.
Ne chôésirons, monsieur, de députàs capablos.

MONSIEUR DESJARDINS.

Où les trouverez-vous ?

ROSSET.

Dins lous plus estimâblos.

MONSIEUR DESJARDINS.

Oui, oui, mon bon ami ; mais les connaissez-vous ?
Trop souvent, dans la list-, on ne voit que filous,
Tout au moins bien suspects et révolutionnaires.
Rochefort, Ranc, Flourens sont les plus ordinaires.

BARTHELEMY.

Ne lous conneussions pas, monsieur, cuellous brigands.
Ne soms tojours trompâs. Lous bougres d'intrigants
No font veira tot bieau, ce qu'eit tot u contrairo.
Oué, oué ; le-z-életions sont un fotu grimòéro.
Dins lo païs, beliau, ne poyons distinguar
Lous bons sojets du.fous, du mouvais allengâs.
Mais pe lous étrengiers, qu'i no diziont si brâvos,
·I no lous font nommar, pe n'être pas esclàvos.
I ne sâvont prechier que paix, fraternità.
Creïez me ben, monsieur ; i nos ont embétà.
Peus lous ins, pe la pour, d'outros, pe de feintises,
I nos ont carressiats, pe fàre de sottises.
I nos ont fat marchier, lous bougres de fripons,
U seeret secrutin.

Lous païsans resolus à ben vôtar.

ROSSET.

Ne sarons plus poltrons.
De lous malavisàs, le promesses trompouses
Ne faront plus vôtar, le vestes, ni le blouses,
Dins lo mouvais chamin de le revolutions.
No prendrons lous conseils, le bonnets instreutions
De le gens, comat vo, reconneus ben honnétos.
Que sont jamais trompours, ni taràs, malhonnétos.
N'iat pas ben comat vo, de francs, brâvos borgeois.
Veikiat prequei le gens vo baillaront lours voix,
Mougrâ, du radicaux, le vilaines sottises.
Vôé ; pe vo-z-empâchier, qui-z-ont dit de bêtises !
Iourit ben mei de gens que vodriont vo nommar ;
Car vo-z-êtes conneu, dins lo païs , amâ.
Mais lous mouvais sojets ont débitâ de nôtes,
Pe vo calomnier, p'empâchier lous bons vôtes.
Iat ben trot de badauds, qu'i sàvont engagier.
Pe caress-, u menac-, i se laissiont gagnier.

CONTAMIN.

Mais ce qu'eit fat eit fat. Amis, sayons plus sàgeos.
Lous filous promettont lous plus bieaux aventâgeos
De la repeublicat, du peuplo soverain.
N'ons tojours plus de mà, tojours plus de chagrin.
Lo peuplo soverain !... Vôé ! quintes falibourdes !
On vodrit no menar comat de vâches lourdes.
Le vâches ménont ô !... Vous risiez, mous leurons !
Vo sayez ben !... Lous rois sônt lous vrais boverons.
Si no vôlons, enfin, que bon ordre se fasse,
Fout laissier charretiers et chivaux à lours plâces.

Darniers efforts du rogeots.

MONSIEUR RUSAN.

En vain vous intriguez, ignares paysans.
En vain vous désirez vos barbares tyrans.
Les plus intelligents ont gagné la confiance
Du peuple, qui les nomme, en pleine connaissance.

RONDIN.

Veyez cueu freluchet, que sembl- un chieux bottâ,
Que se creit prot famoux, pe poveir décrotar
Lous rois, lous empereurs, generaux, repeublica
Et governar lo mond-, à chivat, sens replica.
Si vos êtes plus forts, vos êtes lous plus fous.
La raison du plus fort n'eit, per tien, meillour.

MONSIEUR DESJARDINS.

Il a raison, Rondin, ce n'est pas par la force
Qu'on prouve le bon droit. Oui ; sous sa simple écorce,
Il a plus de bon sens que nos législateurs,
Qui discourent en vain. Ah ! tristes radoteurs !

BARTHELEMY.

Ho ! que no fat de ben, monsieur, de vo-z-entendre !
No sotenir in pou et jeusticet no rendre.
No ; pe cuellous rogeots, no n'irons plus vôtar.
Lors menaces, no, no, ne pont nos arrétar.
Ne lous conneussions hor- ; i sont de mouvais drolos ;
I ne joïeront plus lours infernâlos rôlos,
Pe tot petafinar.

7

MONSIEUR RUSAN.

Personne ne peut mieux.....
Ils sont independants.....

RONDIN, TOT BAS.

Sont d'hypocritos chieux.

MONSIEUR RUSAN.

Tout le monde les nomme et court à notre liste.

PLANEL.

Tot comat mon Brifaud, de la lièvr- à la piste.

Lo peuplo reconneut sous veritablos amis.

BARTHELEMY A MONSIEUR DESJARDINS.

No ne conneussions ren, dins cuellets életions.
Conduisiez-no, siou plait, dins cuellets diretions.
Dins cuellous embarras, vo-z-ez l'espérienci.
Vo-z-ez tojours gagniat totat notrat confienci.
Ne risquons ren de vo... No suevrons votr- avis.
Seur ; monsieur, nos farons comat vo no diriz.

MONSIEUR DESJARDINS.

Mes amis, je suis fier d'avoir votre confiance.
Vous connaissez ma vie et mon cœur, dès l'enfance.
Vous pouvez me juger. De ma sincérité
Et de mon dévouement, vous ne pouvez douter.

Comme vous je crains Dieu guide de ma conscience.
C'est le seul vrai bon sens. C'est la plus sûre science.
Si tous les députés étaient de vrais chrétiens,
Nous serions assurés qu'ils conduiraient tout bien.

BARTHELEMY.

Oué!... qui fout-ô nommar; rendiez no cueu sarvicio.
No laissiez pas tombar dedins lo precipicio.

La lista du députàs honnêtos.

MONSIEUR DESJARDINS.

Puisque vous le voulez, les voici franchement.
Bouvier, Bourgoin, Michel, Albrant, Testou, Froment,
Verdun, Blanc, Roux, Raffin, Jacquemet et Valserre.
Vous les connaissez tous; ils sont tous de l'Isère.

PLANEL.

I n'ont oucuin accroc, dins lour reputation;
N'ont jamais fat que ben, et sont en position,
Pe no ben conseiller, pe la paix, la jeustice.
I n'ont jamais trompâ, ni fat in- injeustice.
Vout cent feis mieux nommar cueux que sont du païs,
Que cuellous étrangiers de Lyon, de Paris,
Que ne conneussions pas, que gâtont le-z-affâres,
U lieu de no souvar.

CONTAMIN.

No ; n'y vòlons pas fâre.

Baillez-no votrat list-, et ne vons la portar.
No, no ; ne vôlons pas d'in seul nos écartar.

MONSIEUR DESJARDINS.

Choisissez librement, mes amis, dans vos votes.

La bataille élétorale.

MONSIEUR GRÉGOIRE.

Bêtes de paysans ! La liste la plus sotte,
Ils vont la déposer... C'est une trahison.

ROSSET.

Pas si bêties que vo ; oué, no-z-ayons raison.

MONSIEUR GRÉGOIRE.

Ignares paysans, donnez-moi donc vos listes.
Foutez-moi donc au feu ces brigands royalistes.
Voilà nos bulletins.

RONDIN.

Tos votrous beulletins
Sont ben bons pe lo fiot.

MONSIEUR GRÉGOIRE.

Les voilà ; tiens, Brutin.

BRUTIN.

I sont de-z-étrengiers, beliau de rafatailles.
U s'i sont du païs, sont tos de radicailles.

LO BEULLETIN ROGEOT.

Chalumel, Cornemus-, Argot, Baudet, Fripier.

RONDIN.

Cueux qu'ont passà la not, chieux lo cabaretier.
Qu'ont fat la comédi-, ont la rogiat chamise.
Vôé ! quintos députâs !...

LO BEULLETIN ROGEOT.

Bigourdier et Soubise,
Du pays opprimé les vrais libérateurs.

CONTAMIN.

N'i veyons ben tot clair ; lous plus fous radoteurs.

MONSIEUR GRÉGOIRE.

Les vrais républicains, courageux patriotes ;
Les seuls honnêtes gens qui méritent vos votes.

RONDIN.

N'ons que trop essayat de tos cuellous blagours.
Plus ne vons, plus vat mâ. No ; plus de cuellous fous.
I meritariont mieux de lo fôuet la chelaga.
Sarit lo seul moyen de corrigier lour blâga.

Darniers efforts du-z-hypocritos moderàs.

MONSIEUR KIRCH.

Le seul moyen d'avoir un bon gouvernement,
C'est la modération. Voilà mon sentiment.
Comme vous, mes amis, nous voulons le bon ordre,
Et par de bonnes lois, empêcher le désordre.

La liberté pour tous, même pour vos curés...
Ayez confiance en nous ; soyez donc modérés !...
Si chacun, s'obstinant toujours, dans son système,
N'en fait abnégation ; dans des malheurs extrèmes,
Nous nous précipitons. Sachons sacrifier
Tout esprit de parti ; nous réconcilier.
C'est vrai ; les communards ont trop soullié leurs armes,
Et leurs excès, hélas ! ont causé vos alarmes.
Les bons républicains sont vos seuls vrais amis.
Les royalistes sont vos pires ennemis.
Sachez les discerner... Unissons donc nos votes,
Pour nommer les meilleurs, les seuls bons patriotes ;
Excoffier, Miraillat, Rougeot, Pichier, Quentin.
Les sept autres sont bons ; soyez-en bien certains.

RONDIN.

Quinto galimatiâs ! Vòé ! quinta fotuïat sauça,
De pòévr- et de motard-, i bit- à sa basauchâ !

BRIDAINE.

Cueu mélangeo ne pot amenar ren de bon.
No ; lous cinq moderâs, pe sept outros fripons,
Sariont vit entrainâs ; iriont à la dévôla.
I sont de mêma pat- et de la mêm- écôla.
Nos ons l'espérienc-. Ah ! ne fout ren cedar.
Jamais lo bien, lo mâ, ne porriont s'accordar.

CONTAMIN.

Fout, pe garir lo mâ, fâre lo sacrificio
Du membro gangrenâ, qu'engendre tojours vicio.

MONSIEUR KIRCH.

C'en est fait ; la campagne échappe à notre action.
De progrès incapable, elle fait réaction.

BARTHELEMY.

Réation !... Quei-t-ò tien ? T'ò lous legetimistes ?
N'ons que trot essayat du filous grandbétistes.
Sarit enfin ben temps d'essayer in vrai roi,
Que pôesse governar, à tos fâre la loi.

MONSIEUR GRÉGOIRE.

Eh quoi ! peuple souverain, Français libres et braves !
Des barbares tyrans, vous vous feriez esclaves !...

Lo peuplo ne vout pas tant de governours.

CONTAMIN.

Quand tot lo mond- eit roi , n'iat plus de libertâ.
Ne s'érit jamais veu moins de tranquillitâ,
Que dépeus que nos ons cent maîtres, pe conduire.
N'âmons mille feis mieux d'in seul seubir l'empire.

PLANEL.

N'âmons notron païs. Ne volons lo souvar.
Oué ; de plus grands malhours, no fout lo presarvar.
Sarat ben enfin temps de rendr- à notrat France,
Lo seul governament que merite confiance.

ROSSET.

Cueu jour sarat comat lo jour du jugiment ;
Suévant que no farons notron grand Parlament.
Lous blancs u lo rogeots vont décidar la chousa.
Sont ben lous campagnards que gagniaront la cousa.
Ne soms trot moutraitâs pe cuellous ambitioux.
Ne lous laissierons plus migier tos notrous sous.
Bonnat resolution eit du salut lo gâgeo.
Oué ; pe le-z-életions, n'irons de tot corâgeo.

Prefida conjeuration du constetitionnaux.

RÉMY.

Lous constetitionnaux vodriont escamotar
Totat l'outourità, su le tròno montar.
I n'ont pas, mei que mi, de dreit à la corònne.
Lo légitimot seul deit montar su lo trône.
Oué, tos lous Dorlians et lous repeublicains
N'ont jamais fat que mâ, lous broillons arlequins.
Oh ! que n'ourions besoin d'un vaillant Henri quatro,
Que battrit le liguets, com- in bon diabl- à quatro ;
Que no rendrit la paix, avé la poul- au pot ;
Et pe no consolar, quôquos feis, lo gigot.

TOS LOUS PAISANS ENSEMB.

CHANSON.

Le bon Henri
Veut que chaque paysan mette,
Avec la soupe et l'omelette,
La poule au pot,
Et de temps en temps le gigot.
Oui ; que, surtout chaque dimanche,
L'on trouve, sur la nappe blanche,
La poule au pot,
Et du meilleur vin quelques pots.

. . . .
. . . .

CONTAMIN.

Grand Dieu, presarvaz-nos ; et souvaz la patrie.
De notrous liberaux corrigiez la folie.

Abregié de la politicat.

BRIDAINE.

In borgeois, ben gentil, qu'âmo lous païsans,
Faziet, à la veillat, de contios amuziants.
I no diziet, in jour, (pas selament pe rire,
Il étie ben serioux), i voliet nos instruire.

———

LE RANOILLETS.

Ecotaz, mous amis. Un jour le ranoillets,
Que sont, dins lours marais, totets ben parillets,
Voliont so fàr in roi ; chousa ben deficilla !...
On ne fat pas in roi, com- in potier sa tuila.
I ne poyont chôésir, dins totat la nation.
Lour faillet in vrai roi, d'in- outra condition.
I ne sayont donc pas qu'i bitar su lo trône.
I-z-étiont menaciats qu'in outro lo détrône.
Mais portant fout chôésir, pe sortir d'embarras.
Quand sarit in rochat, u ben inat poutras.
I bitont in premier..., in second..., in troisiémo...
Personnat n'eit content. I bitont in *quatriémo*,
Que, pe le contentar, se bite à le croquar ;
Pe lour apprendr-, enfin, à tojours se moquar.
Ho ! la bonnat liçon, pe le folles camardes !...
Quand feniront ô donc lous barbots, le bavardes ?
Veyez, mous bons amis ! Deit ô fare la loi,
Cueu que deit oubéir pot ô donc être roi ?...

———

LE·Z·AVILLETS.

CONTAMIN.

Sarit comat lo breu, qu'ourit perdeu sa reina.
Eit la désolation. Fout pas prendre la peina
De tenir, dins lo breu, la nation d'avillets.
I-z-estropiariont tot, lo naz, le-z-ourillets.
Pe la raison qu'i sont, entr- elles, tot égâles,
I se piquont, se tuïont, massâcront lours rivâles.
U lieu de travailler, pe fâre provision ;
I migiont tot lo miel de totat la saison.
On ne fat pas la rein-. Eit reina de naissanci.
Ne fout, pe tot réglar, que la reconnaissanci.
Dins lours bordonnaments, i vodriont commandar.
N'iat point qu'ayont lo dreit, et nions ne vout cedar.

ROSSET.

Eit comat tien dins tot. Chaqua chous- a sa plâce.
U, si vo dérengiez, tot perit, tot s'étrâce.
Cuellous raisonnaments, de foll- égalitâ,
Ne vâlont ren de ren, si no po tot gâtar.

————

LA MACHINAT DÉTRACA.

PLANEL.

T'ô que la chavillet pot être lo roïageo ?
Ressort de movament que bit- en train l'ovrageo ?
L'ovrier deit ô tracier son ovrâge- u patron ?
Lous bons chôésissont ô lo joug, lo boveron.

Liberaux, vo n'ez pas in picalion de scienci.
Enfin, votrous bagours no font perdre patienci.
Ne vos écotons plus. Vo nos ez trot trompâs
Dépeus cent ans, bentout, que vo nos attrapaz.
Tos cuellous liberaux enveyons fâre foutre ;
Comat le ranoillets que dansiont su la poutre.

Lo dangier du Grimôéro.

L'INCONNEU QUE L'A FAT.

Malhéroux !... Qu'ai-jeo fat !... J'émoussiat lo guépier !
Le guêpes, pour- ami, vont ben tot m'estropier !
Foudrit ô le laissier ravagier la recorta ?
No, no ; n'ayons pas pour. Oué, bravons lour revorta.
Oué, oué, fout le destruir- et brenlar tos lours nids ;
Si no vôlons enfin (leit ben temps), en fenir.
Pe lour voracitâ, tot le païs s'étrâce.
De lours bordonnaments bravons donc le menâces.

Prequei l'outeur ne vout pas être conneu.

Je ne pôés empâchier l'Isarat de colar ;
Mais no pons la diguar. Per itien j'ai parlâ.
J'i veïos prot venir ! Lous revolutionnairos
Ne saront pas contents de mon méchent grimôéro.
I vodriont m'étranglar, u me jitar u fiot ;
Prequei trot franchiment lours veritâs je dioz.
Mais prequei la cachier ? Vout ô pas mieux la dire ?
Per arrétar lo mâ, que tojours plus s'empire.

Si lous bons païsans sayont se conseurtar !
S'i veïont lo dangier, i vodriont l'arrétar.
J'en conneussio ben prot, de mous bons camberàdas,
Dedins la valeïat, que sintont remontâda
De lour sang dins lo front. Oué ; lous bons païsans
Reconneussiont enfin, comat tant d'artisans,
Que no soms le dupets du revolutionnaires
Qu'u lieu de no souvar, no vendriont à la feire.
No, no ; mille feis no ; de cuellous radicaux,
No, no, n'en vôlons plus, ni de lous liberaux.
Vo me diriz beliau : vo parlaz pe darrière.
Montraz donc votron naz, si vos êtes sincère.
Qu'importe ! si je dioz la franchi verità ?
Mon secret t'ô contrair- à la sincérità ?
Vo vodriaz ben saveir, prequei que je me câcho,
Dins cuellat querellat. Vo m'accueusaz de lâcho.
Tojours mouvais sojets ont pour de vérità ;
Vo vodriaz, si se pot, m'outar la libertâ.
Quei ! vo que, tos lous jours, dins votrous fotus livros,
Dins tos votrous jornaux, blagaz que no soms libros !
Vo vodriaz m'empâchier, s'i se pot, de parlar.
Mi je vôlo, quand ben, mous amis consolar,
De le-z-iniquitâs que ruinont la campagne,
Que grugiont l'artisan de quôquos sous qu'i gagne.
Peusque je sâvo pas lour parlar lo français,
I se contentaront de mon pouro patôé.
Je seus seur qu'i verront votrets folles sottises,
Et qu'i me souront grâ de ma brutat franchise.
Vo creiriaz beliau ben, que je seus pas Français ;
Que je seus Savoyard. No. Je seus bon Français.
Si je montro mon naz, qu'y gagnerat la cousa ?

La raison du secret.

Eh ben, tot franchiment, je vo dirai la chousa.
J'ai pour du communards... Qu'i pillont me vignets ;
Qu'i bruliont ma maison. Notrets poures fenets
Tremblont comat de rats. Je n'ouse pas lour dire,
De pour d'être grondâ. Sarit de mâ-z-en pire.
J'ai ben pròt de penat, pe le tranquillizier.
Creïez que, pe la paix, j'âmo mieux me quésier.

Lo reprôcho de lachitâ mal à propous.

Quant à la lachitâ, per tien, je seus sensiblo.
Si n'étie que per mi, je sarins ben vesiblo..,
Ho ! vo ne sayez pas comat j'ai bataillat !
J'ai veu lo fiot de prés !... La fotuïat canaillat
Eit lo seul ennemi que je poyéso craindre.
Je l'ai tant émoussiat ! Je sarins ben à plaindre !...
Hôre que j'ai gagniat pe vivre et me logier,
Je vôl-, à mon repous, seriousament songier.
Eit vrai... J'amarins mieux me cachier, dins ma roche,
Que d'aveir lo brigand, quand la noti s'approche,
Pe no bitar lo fiot... Qu'il ouze se montrar !...
J'ai mon fezuit chargiat !... Je vodrins rencontrar !.,
No. Je n'en ai pas pour, du brigand ! Je l'attacho.
Peus qu'il a pour du jour, eit ben leu qu'eit in lâcho.

FIN.